隱藏的火花

A Kind of Spark

ELLE McNICOLL
艾勒・麥克尼科爾 著
曾于珊 譯

三民書局

獻給我的母親、父親、賈許
和所有開心拍打著雙手的孩子們

1

「字寫成這樣真是可恥到了極點。」

我聽得到這句話，但感覺很遙遠，就好像是隔牆傳來的吼聲。我繼續盯著面前的這張紙，我看得懂，即使透過模糊的淚眼，還是每個字都看得懂。我能感覺教室裡的人都在看著我，包括我最好的朋友和她的新朋友，還有新來的轉學生。有些男同學甚至大聲笑著。

我只是繼續盯著自己的字跡，但突然間，它消失了。

莫菲老師從桌上一把搶走我寫的故事，然後撕碎它。那聲音迴盪在我耳中，太響亮了。我筆下的角色們哀求老師住手，但她沒有，而是把碎紙揉成一團，然後丟向教室的垃圾桶。她沒丟中，於是我的故事便掉在粗糙扎人的地毯上，堆成一座小山。

「再也不准給我像這樣亂寫一通。」她吼道。或許她也沒有吼，但我聽起來就像是在吼。「愛德琳，妳聽到了沒有？」我比較喜歡被叫做「小愛」。「妳都幾歲了還不會好好寫字，妳的字簡直跟小嬰兒一樣。」

我好希望我姊姊小琪就在這裡。她總是能幫忙解釋我無法解釋或控制的事，讓它們聽起來合理、情有可原。她懂我。

「回答我妳到底懂不懂？」

莫菲老師的吼叫如此響亮，留下一片寂靜。我點點頭，顫抖著，卻根本不懂，只知道這是我應該做的事。

她不再說什麼，也不再理會我，往教室前方走去。我能感覺新來的同學瞄了我一眼，而我最好的朋友珍娜正在和她的新朋友艾米莉說悄悄話。

這個學年原本應該是布萊特老師來教我們班，放暑假前我們還短暫的見過她。她會在自己的簽名旁邊畫上有笑臉的小太陽，在你看起來緊張時握住你的手。可惜她生病了，於是換成莫菲老師來教我們。

我還以為這個學年會比較好過，我也會比較好過。

我拿出同義詞詞典。這是小琪送我的聖誕禮物，她知道我有多愛運用各種不同的詞彙，我們還因為同義詞詞典（thesaurus）念起來像一種恐龍的名字而笑個不停。我查閱著各種詞彙組合，想藉此冷靜下來，消化方才的吼叫聲和撕紙聲。

我找到了一個喜歡的詞：縮減。

每到這樣的日子，我就會去圖書館度過午餐時間。下課後，大家起身把椅子收好離開教室時，我覺得其他同學都在看著我。鈴聲像尖叫聲一般刺耳得令人無法忍受，讓我頭暈目眩，像有支電鑽即將鑽進敏感的神經。我在走廊上一路走著，一邊調整呼吸，讓自己的目光直視前方。人們儘管彼此離得很近卻還大聲說話，他們互相推擠、喧嘩，這一切讓我的脖子發熱、心跳加速。

但是一旦我抵達圖書館，一切都會安靜下來。這裡有好大的空間，一扇窗戶開著一條縫，讓新鮮空氣透進來。這裡禁止大聲喧嘩，所有的書籍都分門別類、貼好標籤，擺在應該擺的位置上。

艾勒森先生就坐在他的桌前。

「小愛！」

他有一頭深色捲髮，戴著大大的眼鏡，穿著老舊的毛衣。以一個男人而言，他算是又瘦又高。如果要從我的同義詞詞典裡找一個詞形容他，我會說他很「和藹」。

不過我更喜歡簡單的說他是個「好人」，因為他就是。我的大腦習慣視覺化，而當別人說「好人」這個詞，我腦中就出現艾勒森先生，我們的圖書館員。

「我有一樣超適合妳的東西！」他說。

我喜歡他從不問無聊的問題，也不會問我假期過得如何、姊姊們怎麼樣，總是直接開始談關於書的話題。

「妳看！」他走向一張閱讀桌，然後在我面前放下一本大大的精裝書。我之前那些可怕的感覺瞬間都消失了。

「鯊魚！」

我迫不及待的翻開書本，撫摸著它光亮的第一頁。去年我曾告訴艾勒森先生，我最感興趣的就是鯊魚了，甚至比古埃及人和恐龍更讓我著迷。而他記得這件事。

「這是百科全書的一種，」我在書前坐下時，他告訴我。「百科全書就是針對一個主題或一個研究領域來告訴我們很多事情。而這一本是專門講鯊魚的。」

我點點頭，因為興奮而有些恍惚。

「不過我猜妳已經知道這書裡講的所有事情囉。」他說完便笑了，好讓我知道是在開玩笑的。

「鯊魚沒有硬骨。」我告訴他，一邊輕輕摸著一張應該是藍鯊的圖片。「而且牠們有六感，不只是五感。牠們能偵測到一些大氣裡的電流，生命徵象的電流！牠們也能在數哩之外的遠處聞到血腥味喔。」

牠們的感官能力有時太猛烈了——猛烈到似乎感受得到它轟隆作響。

我翻開一頁，上面印著一隻格陵蘭鯊的巨幅圖片，孤身在冰冷的海水裡游著。

「人們都不了解鯊魚，」我摸著圖上的魚鰭，「其實應該說討厭才對，很多人都是。人們因為害怕、不了解，所以會想傷害牠們。」

一時間，艾勒森先生不作聲，我則繼續讀著第一頁。

「妳可以把這本書帶回家，多久都可以，小愛。」

我抬頭望向他，他微笑著，但眼神和上揚的嘴角對不起來。

「謝謝你！」我盡可能用話語展現出內心所有的開心，好讓他知道我說的是真的。他回到他的桌前，然後我就一頭栽進了書裡。經歷太吵鬧且不友善的一堂課後，閱讀最能讓我平靜下來。我可以慢慢來，不會有人催我、厲聲吼我。文字都有規則可循，圖片色彩明亮而栩栩如生，但卻不會令我無法忍受。

在夜裡試著入睡時，我喜歡想像自己潛在清涼的海浪之下，和鯊魚共游，一起探索荒廢的船骸、海底洞窟，和珊瑚礁。色彩繽紛繚亂，但是在這個遼闊開放的空間裡，沒有推擠和抓捕。我不會抓住牠們的背鰭，只是並肩一起遨遊。

我們不必說任何一句話，可以就這樣待著。

2

等待姊姊是我一天中最漫長的時光。

我從學校回到家時，爸爸已經在煮飯了。今天是星期一，所以晚餐是義大利麵。我喜歡醬料清淡一點，口味太重會讓我的舌頭感覺被淹沒，所以爸爸幫我做了白醬，幫家裡其他成員，包括他自己、我的兩個姊姊、還有如果沒上班的媽媽，都做了另一種醬。

「茶快泡好囉，小愛。」

爸爸知道不要馬上問我問題，因為我需要時間來沉澱。這是小琪說的，是她先告訴我，然後再告訴爸這件事。自那之後，一切就變得容易多了。

我幫忙布置餐桌，和爸爸一起把義大利麵條往天花板拋去，看煮熟了沒，會不會黏在上面。有一條麵掉下來，他張開嘴接住，大笑著吃掉，然後叫樓上的妮娜下樓吃晚餐，別再對她的攝影機講話了。他聽不到妮娜拉椅子刮過地面的嘰嘰聲，也聽不到鏡頭收縮的嘶嘶聲，或是她無奈的關門聲。

但我聽得到。

妮娜是我另一個姊姊，一直待在家裡，一直抱怨缺東缺西。她要的到底是什麼，我其實不是很確定，也許是一間不一樣的房子，或一個更完美的生活，像她在影片裡捏造的那樣，過上整潔井然、如玫瑰金美麗的人生。

她有一頭染成金色的赤褐色頭髮和隱約可見的耳洞，穿著高領毛衣和格子裙。她的房裡有一臺攝影機，架在高高的三腳架上，還有看起來很炫的照明燈。她透過那臺攝影機，跟成千上萬的觀眾談論服飾和美妝。

她在影片裡微笑的方式，我在她離開鏡頭後從未看過。

「今天的影片拍了什麼？」

爸爸會問一些固定而重複的問題，他稱之為「努力溝通」。他說，讓別人知道我們對他們的生活感興趣很重要，但如果我對一個人感興趣，就會有上百個問題想問，而且絕不會重複。

「只是Q&A而已啦。」妮娜回答，將一小份義大利麵舀到自己的盤子裡，她淋在麵條上的醬汁氣味刺激著我的鼻孔。「我不做開箱影片以後，點閱率就掉了。」

媽媽告訴她每個月買一大堆新衣服非常浪費，於是她們大吵了一架，門乒乒乓乓的摔來摔去，令我的手發抖。

妮娜站起來走向冰箱，開門拿了一瓶果汁。「小琪在哪？」

我發覺妮娜提到小琪時，會用一種特別的聲調說話。我可以看見她的聲音，有兩種不同的顏色，一暗一亮。兩種顏色都是針對小琪的，但我不知道它們有什麼含意。妮娜不是我在等的那個姊姊，小琪才是。

爸爸沒有回答，而我知道她不是在跟我說話，畢竟她沒看著我。我用叉子試著捲起一小團麵，弄了好一陣子才成功。

「學校怎麼樣？」我能感覺到妮娜的目光直直瞪著我的肩膀，所以我聳了聳肩。她走過來跟我們一起坐在餐桌旁，「我剛剛在問妳問題，小愛。」

「妮娜。」爸爸溫和的斥責她。

「不記得了。」這不是說謊，不是像妮娜接下來所指責我的。我一離開校園，學校的事就變得難以拼湊起來，直到接下來的幾天裡才慢慢的沉澱為連貫的記憶。

「妳記憶力明明好得不得了。」妮娜對我說，用一種令我渾身發毛的方式將餐具在盤子上摩擦著。「她如果說不記得，那一定是出了什麼問題。」

現在她是朝著爸爸說話。

「妳喜歡妳的老師嗎？」

我眼前閃過莫菲老師的模樣，她那顆特別黃的牙和長指甲。「她就像小琪說的那樣。」

妮娜猛然放下餐具。「妳看吧……妳的想法都只是小琪跟妳說的那些。莫菲老師教小琪是很久以前的事了，小愛。現在才過一個星期而已，妳不可能知道老師到底是什麼樣子。」

「那妳為什麼要問我？」

我搞不懂妮娜。她想要從我們的對話中，得到某種我給不出來的東西。她對觀眾們講話的語氣，好像她好愛他們。我有時候會觀察她。星期六的諮商時間裡，心理師會放一堆人臉的圖片在我面前，每個人的臉都不一樣，「是『表情』不一樣」，他會糾正我，但它們明明就是不同的臉。他會要我說出這些人臉代表什麼情緒，但我永遠不知道如何判斷、如何得知，還有到底發生了什麼事。

但經過練習，我有進步了。我會觀察妮娜，看她對著鏡頭展開燦爛的笑靨，知道她很開心也喜愛那些聽她說話的觀眾，即便那些只不過是陌生人，自始至終都是，況且連臉都看不到。我是她妹妹，她卻用一副我無法解讀的臉看著我。

我始終不知道妮娜要什麼。

然後，我聽到了輕敲廚房大窗戶的聲音。爸爸和妮娜都還沒聽見，我便已經彈出座位，啪的推開窗戶。我甚至聽得到敲下去之前，指節擦過玻璃的聲響。

小琪到家了。

她彎腰通過窗戶，爬進廚房。我抱住她，她是我唯一會抱的人。她從不會抓我抓得太緊，也不會緊繃神經。她身上也沒有嗆鼻的香水味，只有一股肥皂香，聞起來像家的感覺。

「哈囉，我最愛的寶貝。」她的聲音只有一種顏色，是美麗的鎏金色。我在她的懷裡微笑著。她不會問我問題，而我想放開時，她就會鬆手。

「妮娜，我可能會從大學休學，然後開始學妳當網紅。」小琪在我身旁的椅子坐下，吃起剩下的義大利麵。「我受不了課堂上那些人，而且教室糟透了。」

「蠻好笑的，」妮娜酸溜溜的說，輕笑了一聲，「教室又怎麼了嗎？」

小琪望著我咧開嘴一笑，我也本能的跟著笑了。「燈光很糟糕。」小琪說。

我完全理解的點點頭。

「噢，我懂了。」妮娜又啜了幾口果汁，「這是妳們兩個之間的小祕密是吧。」

小琪所謂糟糕的燈光，是指太亮的燈光，會讓我們這種人頭疼、眼睛痛，是「看得見的噪音」。

小琪跟妮娜是雙胞胎，但她並不像妮娜一樣，而是像我，也有自閉的特質。

晚餐後，小琪和我沿著利斯河散步。我們喜歡踩在通往泥濘河畔的碎石小徑上時，鞋底發出的喀啦聲。我伸出手，觸摸一片即將變色枯死的樹葉。媽媽第一次告訴我關於落葉的事時，我嚎啕大哭；但她隨即向我解釋這很平常，樹葉並不會因為枯萎而痛苦。

「莫菲老師今天吼了我，」我踢飛一塊石頭，石頭騰空而起，落入湍流的河水中。「因為我的字寫得太亂了。」

小琪停下腳步，望了我一眼，我知道她應該很難讀懂我的臉。我們登上橫跨河面的橋，我已經收集了一大把準備丟出去的樹枝。

「她不該那麼做的，小愛。」

「她根本沒有讀我的故事。她說她看不懂。」

「妳是因為運動神經字才會寫的亂，」小琪停了一下，溫柔的牽起我的手。

「運動神經？」

「我們的大腦會向我們的手傳送訊息，告訴手該怎麼做。」她用手指碰了一下我的手心，再碰了一下我的太陽穴。「如果妳……與眾不同，妳的處理過程會比較獨特。妳的手在執行大腦想做的事時，會有點小障礙。它們忙著把需要寫的每個字都弄清楚、排列正確，以致於沒有時間把字寫得整齊、好看。」

「好吧，」我停住腳步，思索著小琪所說的話。

「我的字跡也是這樣，」她用手肘推了推我，大笑出聲。「所以妮娜才不讓我在我們一起寫的聖誕卡上簽名啊。」

我想起了去年十二月，妮娜坐在火爐前，把聖誕卡在面前一字排開的畫面，於是跟著笑了。妮娜對於拆禮物的整個過程都非常認真，包括包裝也是。

「我在大學裡都是改用筆電打字，」小琪補充。「這讓我輕鬆好多。」

我咬了咬下唇，「我覺得莫菲老師不會喜歡那樣。」

「她確實不會。」小琪嘆了口氣。「如果我沒記錯，她討厭任何可能帶給別人幫助的事情。」

「這學期我們班上來了一個新同學，」我換了一個話題。媽媽說過，如果接下來無話可說時，轉換話題很重要。「她是從倫敦來的。」

「真有意思。」

「我想她應該還沒交到什麼朋友。」

「那，」小琪做了個手勢，示意我把手上的樹枝沿著橋緣丟下去，「也許妳應該當她的朋友。」

「如果她也喜歡圖書館的話，」我丟下第一根樹枝，望著它落下時四濺的水花，「那就沒問題。」

「珍娜呢？」

「她現在跟艾米莉坐在一起。我覺得艾米莉不喜歡我。」

我可以告訴小琪這些事，但如果是媽媽或妮娜就只會說我想太多，要我午餐的時候去跟她們坐在一起，跟兩個人都當朋友不就得了？還會說，保持友善禮貌就好啦，她當然也想當妳的朋友啊。

但小琪知道事情沒那麼簡單，知道第一印象有多恐怖，知道交新朋友有多困難。我能看見那些竊竊私語、注視和竊笑，而且我知道那些不是出於好意。

「這樣的話，妳就更應該跟這個新同學做朋友了。」小琪說。

我點點頭。過去這幾年裡，狀況變得有些不一樣。原本，我們可以很輕鬆的到操場上找到玩伴，但現在大家喜歡緊緊的坐成一個個小團體，寧可聊天也不一起玩。

我很懷念一起玩的時光。

「妳知道嗎，」小琪撥開臉上的金髮，「我從來沒跟大學裡的任何人說我其實自閉。」

我抬頭注視她。她好高，雙腿似乎比我整個身體還長，所以我一直都仰望著她。

「為什麼不說？」

小琪從不畏懼談論自己的自閉。她正如爸所說的，「高調又自豪」。她和我一樣，差不多是九歲到十歲之間被診斷出來的。媽媽說妮娜的行為舉止和預期的一樣，很快的學會走路和講話，不太挑食，也很適應學校。小琪到五歲才會講話，但她開自己玩笑說，那是因為以前沒什麼想說的。她和其他同學不和，和老師爭吵，難以控制自己的情緒，在學校也只上自己感興趣的課。媽媽還說會接到學校打來的電話，告訴她小琪剛蹺了一堂數學課。

我有小琪幫我解釋一切：為什麼我的字跡很醜、為什麼響亮的聲音和鮮明的色彩會讓我的心像著了火一樣。

但小琪沒有任何人幫她解釋。

「大部分人還是不懂，小愛。」

「但是，」我忽然感到一股自我刺激❶的慾望，這整段對話太沉重了，「無時無

❶ 自我刺激 (stimming) 是指重複動作、言語或發出聲響，常見於自閉特質的人身上，藉以降低不可預測的外界刺激帶來的壓力與焦慮。

刻戴著面具，不是更難嗎？」

自我刺激是我們感到無法承受時的反應。我的雙手會抖動、拍打，四肢變得躁動不安；有時甚至會有種衝動想用手拍打後腦勺。自我刺激有好有壞，但多數時候我都必須隱藏它。「戴面具」是我們自閉女生冒充一般人的方式，將自己偽裝成不像自己的樣子。我們必須忽視想自我刺激的衝動，安撫自己，和別人堅定的眼神接觸。小琪說這就像是超級英雄必須把自己偽裝成一個普通人。

「啊，我現在很拿手了啦。」小琪朝我眨眨眼，她的綠色大眼閃爍著，我卻讀不懂她是什麼意思。

人不像書本。一本熟悉的書不會變，讀起來永遠能撫慰人，永遠充滿著同樣的字彙和圖片。但要讀懂一個熟悉的人卻可以很困難，無論讀過多少次也可能像第一次讀一樣。

在回家的途中，小琪停下腳步。「要跑下山坡嗎？」

「要！」我大喊。

於是我們奔跑起來。我的雙手自由而快樂的拍打著，沒有任何人來制止我、告訴我不可以。小琪大叫著，還唱起了歌。我們抵達山腳，氣喘吁吁而精神抖擻。小琪從背後很快的摟了我一下，我們便在九月的朦朧夕陽裡踏上回家的路。

3

「嗨，珍娜。」大家都在外面等著進教室，所以我決定去找珍娜。我們從幼兒園時就是朋友，她還曾來我家過夜。但這整個暑假，我都沒見過她，從開學到現在，她也每分每秒都和艾米莉待在一起。

「嗨，小愛。」

她避開目光不看我，但我不在意，因為有時我也不喜歡看著別人，尤其是打算說些重要的事情時。艾米莉倒是一直盯著看，直到對上了我的視線，她便一把勾住珍娜的手臂。

「我們可以幫妳什麼嗎？」艾米莉慢慢的、大聲的說，像隻德國牧羊犬般歪著頭。我不太確定她跟我說話為什麼老是這樣慢吞吞的，我其實比較喜歡快一點的語速。

「妳們今天要跟我一起到草地上吃午餐嗎？」

我同時問她們兩人，即使我跟艾米莉並不太熟。

操場不是很大，男生們踢足球便佔去了一大半空間，但腳踏車棚旁邊有一小片草地，那裡比較安靜，令人放鬆。

「呃……」珍娜瞄了艾米莉一眼，不安的將重心從一隻腳換到另一隻腳扭動著。

「不要。」艾米莉幫她回答，壞心的笑了一下。「她不想，她不想跟妳一起吃午餐，不會有人想的。」

「我想。」

我們三人同時轉過身，那個新同學奧黛麗就站在數呎之外，顯然聽到了剛剛整段對話。她在我們這個年紀裡算個子高的，就像小琪一樣，而且有著黑髮和深色眼睛。「那個，」艾米莉轉向奧黛麗，似乎已經沒有了幾分鐘前的氣勢，「沒有人問妳，沒有人在跟妳說話。」

「噢，是啊。」奧黛麗答腔，走過艾米莉的身旁，上下打量了她一番，就像艾米莉剛剛對我那樣。「沒有『人』在說話耶。」

上課鈴響了，奧黛麗走進教室。珍娜壓低了嗓音悄聲說道：「她說妳不是人耶，米米。」艾米莉漲紅了臉，我幾乎要同情她了。每當我同情不太熟悉的人時，總是不知道該跟他們說些什麼，所以我只是匆匆的和她們擦身而過，然後直接進教室。經過奧黛麗的座位時，她抬起目光，朝我點了點頭。我不知該回應什麼，只好也點點頭。

大家都入座後，莫菲老師帶著一杯熱茶進來。看著她吞下一口熱茶後，我打了個寒顫。我的舌頭無法承受滾燙的液體，因為那太灼熱了，觸感不對。

「今天的課很好玩。」她靠著桌子向我們宣布。「過萬聖節之前，我們準備進行一個有趣的學習項目。如果你們記得的話，上星期我提過，身為這個古城自豪的公民，我們接下來要研究古老的愛丁堡。」

我搞不懂這村子裡的人。我們明明離愛丁堡有好一段距離，他們卻假裝不是這麼回事。妮娜也是，她告訴粉絲自己住在愛丁堡整排相連的別墅裡，然而事實上住在杜松村一間半連棟房屋裡，一家五口共用一間衛浴。但杜松村倒是一個美麗的村子，小小的，房子不多，有一個教會、我們的學校、一家超市、一位牙醫、一位醫生、一間殯儀館，還有銀行。

我無法理解為什麼這村裡的每個人，都這麼渴望成為愛丁堡的居民。

「現在，誰能告訴我，」莫菲老師停頓了一下，堅定的環視教室，「在古時候的愛丁堡，什麼樣的人會被綁起來丟進諾爾湖裡？」

我知道王子街花園以前是一座湖，但還是第一次聽到關於把人綁起來丟進去的事。我似乎不是唯一一個人，沒有人回答莫菲老師。

「珍娜？」

正在和艾米莉說悄悄話的珍娜像隻受驚的小白兔般抬起頭。「呃……」

「算了。」莫菲老師轉向黑板，開始畫圖。她先畫了一個女人，再加上一頂尖尖的帽子，接著許多人立刻大喊出聲：「女巫！」

「沒錯！在古時候，整個蘇格蘭包括愛丁堡，還有世界上的許多地方，女人會因為被當作女巫而遭到審判並處決。」

我瞪著莫菲老師，感到教室裡的空氣都被抽空。我望望同學們，他們似乎都覺得這很有趣，我卻感覺自己的世界被翻了過來而上下顛倒。

「女巫！真的女巫呀！」

「就在這裡！在蘇格蘭！」

「這太神奇、太驚人了，根本不像是真的。」

我沒發覺自己已經站了起來。「是真的女巫嗎，老師？」我熱切的注視著她，迫不及待想知道更多。

「坐下，愛德琳。」

「當然不是真的女巫，白癡。」艾米莉高聲說道，身體前傾過桌子，探過頭來狠狠的瞪著我。

以前有個男生罵另一個男生「白癡」，被莫菲老師教訓了一頓，但這次她並沒有教訓艾米莉。

「艾米莉說得對，」莫菲老師繼續上課，我則顫巍巍的坐下。「當然不是真的，女巫根本不存在。」

「那為什麼她們還被審判並處死？」我不假思索的問出來，感覺身上的每根神經都活躍著，迫不及待要知道一切。我如果對一個主題產生興趣，就必須馬上知道關於它的一切，我控制不了，但資訊總是來得不夠快。

「愛德琳，我不准妳這樣叫囂。」莫菲老師斥責著，「給我安靜。」我絞著雙手。對我高漲的情緒而言，她解釋得不夠快。

「女人會因為任何理由被指控為女巫，甚至像左撇子這樣的小事都可能引起懷疑。班上有人是左撇子嗎？」

新來的同學奧黛麗舉起了手。

「那麼妳，」莫菲老師用筆指著她，「就有可能被指控為女巫，孩子。」

奧黛麗對於這個解釋似乎不是很高興。我有上千個蠢蠢欲動的問題，於是只好在座位上扭動著，試圖克制自己別問出口。

「據說女巫會被浸泡在諾爾湖裡，她們的大拇指和腳趾會被綁在一起，然後丟進湖裡，如果浮出水面，就算是使用巫術，犯了女巫罪；而如果沉下去，才算是清白的。定罪後，女巫會被撈上岸，然後帶到城堡山上處以火刑或絞刑。」

「那她們一定會輸啊！」我打斷莫菲老師，於是她翻了個白眼，但我繼續說下去，「根本沒有逃生的機會。」

「確實沒有。」莫菲老師勉強附和我的話，「這是一種狡猾的審判方式。」

我感到……憤怒。這種審判方式的不公就像一塊大石頭般壓在我的腹部。我想像著恐懼又孤獨的女人們被拋進冰冷的湖水裡，水花四濺的聲音很刺耳，而浮出水面還可能面臨更多的痛苦。

「有些人甚至受到嚴刑拷打，在蘇格蘭被當作女巫審判的人，有部分就來自我們這個村莊！」

我看著周圍的同學們。在平時，他們的臉已經讓我很難解讀了，而現在我更無法理解，他們為何不像我一樣難受。我的手震顫著，急切的想做些什麼，所以緊掐著同義詞詞典，讓雙手至少有東西可以抓住。

「村裡女人保命的唯一方法，就只有盡可能保持低調。」

「低調是什麼意思？」艾米莉問。

我想告訴她低調是平凡、不引人注意的意思，但我沒有，因為我已經受到過多刺激了，雙腿只想跑到圖書館去，盡可能閱讀所有關於這件事的資訊，然後衝出學校去找小琪。

「問得好，」莫菲老師詭異的笑著，「如果妳表現得跟大家都不一樣，就有可能會被審判，然後定罪。」

「如果是小愛就會被燒死。」艾米莉取笑著說。

班上其他人跟著哄堂大笑，連莫菲老師也是。我幾乎聽不見他們，我的腦海裡只有接下來想開始閱讀的書。

「老師，請問當時杜松村死了很多女人嗎？」我問，已經快從座位上站起來了。

「確切的數字不知道，」莫菲老師回答，笑容也消失了。「但紀錄顯示，至少有五十個人因此喪命，而且不只來自杜松村，也有人來自附近的村莊。」

我想起了去年，往杜松村的主要道路上曾經發生一場車禍。人們在車禍現場留下受害者的照片和花束哀弔，至今已經過了一年，東西還擺在那裡。我又想到刻著曾祖父名字的戰爭紀念碑，這是我對他唯一的印象。我的大腦飛速的浮現各種影像並匯集成一個問題。

「有沒有……」我的腦袋飛快的運轉，想找到一個合適的詞，「有沒有一座杜松村女巫的紀念碑？」

「當然沒有。」莫菲老師搖搖頭，嚴厲的瞪了我一眼，「那多浪費時間。」

「可是如果有那麼多女人喪命——」

「夠了。妳已經打斷這堂課很多次了。」

老師繼續上課，我的心卻已經飄到圖書館。我可以感覺到奧黛麗在看著我。下課鈴一響、午餐時間一到，我便衝出座位，而她還看著我。

「怎麼回事，小愛？妳看起來有點激動。」

「我沒事。」我衝進圖書館，告訴艾勒森先生。「我想借所有關於女巫的書，麻煩了。」

「所有的書！」他大笑，雙手交叉在胸前，往故事書那區走去。

「不是啦，我不是要借故事書。」我趕到他身旁補充。「我是要找關於蘇格蘭女巫審判的資料。」

「噢，我了解了。」他說，後退一步，檢視著整個房間。「我應該可以幫妳找到好幾本。莫菲老師全都告訴你們了嗎？」

「不是全部，」我坦白的說，有些鬱悶，「老師只講了一點點。」

「那就我對妳的了解，」他邊說邊從架上拿出一本大大的參考書，「在沒知道這件事的來龍去脈之前，妳是不會開心的。」

我接過艾勒森先生選的幾本書，然後直接走向一張桌子。他從不會嘲笑我的行為，也不會朝我翻白眼或質問我。他懂我。

「鯊魚研究得怎麼樣了？」他問。

我把書本一本本擺好在桌面上。「很好，」我回答，把午餐盒也放在桌上。「沒有人成功圈養過大白鯊，牠們幾乎一被抓到就死了。」

「噢，」艾勒森先生微微皺眉，「那真不是好事。」

「其實是好事。」我告訴他，「這表示人類已經放棄去捕捉牠們，牠們自由了。」

「我想被圈養應該不太好玩吧。」

我搖搖頭，「肯定一點都不好玩。」

「妳要記得把午餐吃掉喔，小愛。」

我有時會讀得太入神、忘記吃東西，而他顯然注意到了這點。

只要我保持整潔，艾勒森先生就不介意我在圖書館裡吃午餐。於是我一邊狼吞虎嘯的讀著一本關於愛丁堡的目擊者的書，一邊小心的吃著夾雞肉的黑麵包蛋黃醬三明治。讀到某一章時，一個身影出現在我視線中，將另一個餐盒放到了我的餐盒旁邊。是奧黛麗。

「妳在查關於女巫審判的事嗎？」她聽起來彷彿認真想知道，但由於其他同學有時候講話客氣其實不懷好意，所以我開始戒備。

「對，」我回答，「莫菲老師解釋得不夠，我想知道更多。」

「辛苦妳了，必須忍受其他同學在教室裡講那麼難聽的話。」

她的口音跟這裡的人都不一樣，比較不衝、不尖銳，但也不像電視上播新聞的英國人那麼溫婉。

我揮揮手表示不在意，「沒關係，他們老是說那種話。」

我急忙翻到下一頁，繼續狼吞虎嚥的讀著。

「我可以跟妳一起研究嗎？」

我抬起頭，試圖解讀她的臉。我的大腦當下有點太急太興奮，所以沒辦法戴好面具偽裝，但她似乎是善意的。「沒問題。」

她微笑了，打開她的餐盒，然後把椅子挪近一點以便閱讀。我們並肩而坐，在寂靜中閱讀著。

4

爸媽、小琪和我坐在村公所大廳的第三排，村民正一一入座，準備參加兩個月一度的村民大會。我謊報了開會時間，好讓我們能早點到，但爸媽對此不是很高興。妮娜剛剛才到，整張臉幾乎包在一條針織圍巾裡，眼神滿是困惑。「我們到底為什麼來這裡？」她拖著腳步走進我們這排座位，在小琪身邊坐下。

「我們到這裡來，」小琪回答她，「是因為小愛有項提議要對村民委員會提出。」

妮娜看了看我，然後傾身望著我身旁的爸媽。「什麼提議？」

「別問我們。」媽媽說，她剛結束護理師的輪班，因此非常疲憊，正強忍著呵欠。「小愛不肯告訴我們，我們吃完晚餐後就被押到這裡來了。」

我望著委員們入座、檢視手錶和彼此握手。他們總共有五男一女，全都是我爺爺奶奶的年紀。

「小愛，」妮娜用她的大人腔調問我，「妳要提的不是什麼蠢建議，對吧？」

「再蠢也好過當全職的美妝網紅。」小琪平靜的說著，不看向我們任何一人。

我剛好注意到妮娜翻白眼之前，臉上閃過一絲受傷的神情。我替她感到難過，並不覺得她經營影音頻道是蠢事。我覺得她很擅長走這行，而且似乎能讓許多人高興。

「我的提議不蠢，妮娜。」我告訴她，試圖讓自己的聲音聽起來很平靜。

「我跟媽媽辛苦工作了一整天後，正好就想來這裡開會啊。」爸爸開玩笑的說。媽媽笑了出來，我雖然緊張卻也跟著笑了一下。

等與會的村民終於都坐定後，麥肯塔奇先生便坐到了委員會的主席位上。麥肯塔奇先生剛好在學校工作，所以我知道他的姓氏，但其他委員我就不清楚了。

會議開始後得過好久才輪到臨時動議，讓我有點不開心。委員們宣布完公車班次表的更動和道路施工的計畫之後，終於開放讓村民提議了，也包括我。

瞬間有好幾隻手同時舉起，包括我的手，室內接著響起此起彼落的抱怨聲。麥肯塔奇先生倒是很高興有這麼多人願意發言，於是首先點名了前排的麥可蘿倫太太。這位三個孩子的母親是我們鄰居，只和我們家隔四戶而已。她慎重其事的起立。

「我提議必須對公園裡的年輕人訂定宵禁。」

她的開場白一出，現場便響起一陣困惑的議論聲，我聽到小琪長長的嘆了一口氣，於是瞄向她，被她的表情逗笑了。她擠出鬥雞眼，假裝全身癱軟，快從椅子上滑下去。妮娜捉住她的手肘，瞪了她一眼。

「這些遊蕩的年輕人，」麗莎自顧自的說下去，「他們會抽菸、生火，而且基本上都很吵，還非常具有威脅性。我提議在公園設置宵禁，禁止十歲到十八歲的青少年深夜在那邊群聚。」

「所以呢？」妮娜還沒來得及阻止，小琪便脫口而出。「妳難道打算雇保全人員守在鞦韆旁邊嗎？」

許多不滿的眼神投向我們，媽媽和妮娜都發出噓聲叫小琪閉嘴，爸爸和我則笑了出來。

「應該授權給公園的管理員，當發現有年輕人遊蕩或行跡可疑時，可以直接報警。」麥可蘿倫太太無視小琪繼續接著說，她直視著委員們，眼神像一隻認真的鳥。

「麥可蘿倫太太，我想除非孩子們明確的違反了法律，我們才能將他們驅離公園。」麥肯塔奇先生說，看起來有些尷尬。「不過我們當然可以研議，在天黑後加強公園的巡邏。下一位？」

麥可蘿倫太太被打發後，一臉憤懣不平的坐了下來。雷爾德先生接著起立，帶著些許瘋狂的眼神，絡腮鬍興奮得微微顫動。

「杜松湖的那些鵝，」他用低沉有力的聲音說，「都中邪了。」

現場怨聲四起，但也夾雜著幾聲「對！」「沒錯！」。

「那你提議怎麼處理牠們呢？」麥肯塔奇先生問，聲音聽起來就跟媽媽一樣疲累。

「吃掉牠們！」

「不行。下一位？」

接下來有人大聲朗讀了村裡牧師的書面提議，很客氣的拜託星期四寫生課的裸體模特兒們，請等所有訪客都離開教堂後再脫掉衣服。

「行啊，那請他打開暖氣吧。」後排傳來某個人的抱怨。

接著，傳赫蒂婆婆提議把村裡唯一的公車站牌移到離銀行比較遠的地方，之後大廳內忽然靜了下來。

小琪推了推我，於是我把握機會跳起來說：「村裡應該設置一個新的紀念碑。」

麥肯塔奇先生不安的閉上疲憊的雙眼，過了一會兒，才又比了個手勢，示意我繼續說下去。

「這個村莊……」我意識到整個房間裡的人都看著我、聽我說話，但已經來不及了，「以『獵巫』的名義處決過很多女性，比蘇格蘭低地的其他地方還多。無數受害者完全沒有接受公正的審判，就被拷問至死，沒有葬禮，也沒有紀念碑。」

一片寂靜中，我的嘴巴發乾。

「所以妳究竟要提議什麼呢？」其中一位委員問道，但我看不到他的語氣是什麼顏色。

「一個紀念碑，像一塊匾額或一座雕像，紀念那些遭受不公而被處死的女性。」更多的寂靜，然後才是零星的竊竊私語。

「我並不認為，」麥肯塔奇先生終於開口，卻不肯看著我說，「給幾個女巫設立紀念碑，對村子會有什麼正面的附加價值。這裡有望成為觀光景點，所以不能讓這種紀念碑玷汙村子的名聲。」

「你在說笑嗎？」小琪忽然在我身邊出聲，響亮又清晰的說：「大家超愛女巫題材的！況且村子也需要更多特點來宣傳。我們在公園旁邊立紀念碑，寫『邦尼王子查理曾帶軍隊經過此處』，而且前面還加了『據說』。如果這樣都值得我們設立紀念碑，不時拿出來宣揚，那為什麼獵巫這件事不行？」

「邦尼王子查理真的來過這裡啊！」後排有個人大聲的反駁。

「喔，是嗎？你在現場嗎？」小琪吼回去。

媽媽和妮娜一起發出噓聲，叫小琪坐下。

「我……」我的喉嚨又乾又沙啞，緊繃的神經讓說話也變得很困難。「我覺得這會是一件好事，委員先生。如果……如果我是那些受害者，也會希望受到別人紀念。」

小琪很快的握了一下我的手。

「我很抱歉，小朋友。」麥肯塔奇先生搖著頭說，「很高興看到有年輕人對政治事務如此關心，但我們委員會的回答是『不行』。」

我好像看到面前有一道門，原本微微打開著，現在卻完全關上了。

「即使結果是不行，盡力還是很重要，小愛。」回到家後，爸爸告訴我。

我什麼都沒有說。

「噢，小愛寶貝，」媽媽輕輕的撫著我的頭髮，「別難過了，過幾個禮拜，妳可以再試一次。」

「小愛不是難過，」小琪說，一邊將她的外套掛起來，「而是無奈。如果妳一直被其他村民視如糞土，也會變得像她一樣無奈。」

「喂！」媽媽的聲音陰沉而火爆，「妳有完沒完。」

「事實就是如此。」小琪說，她的臉總會直接反映出內心的情緒，像現在就充滿了憤怒和難過。「這個村子還停留在黑暗時代。」她轉向我，「小愛，我覺得妳做得超棒。即使燈光瘋狂閃爍還能保持冷靜，偽裝得那麼好。」

小琪果然也發現會議快結束時，天花板的一盞燈開始忽明忽滅，每次閃爍都刺激著我的神經、刺痛著我的眼睛。我四周的人幾乎毫無感覺，但對我來說，那就如同用一根針戳著我的眼皮。

爸媽倒了一些紅酒到客廳坐著，小琪去沖澡。而我準備上樓時，妮娜叫住我，我轉過身來。

「妳想和我一起拍支影片嗎？」

我從來沒想過這件事。妮娜的影片都是關於化妝和髮型，我可能永遠不會感興趣，但她難得看起來這麼坦誠，所以我不想拒絕。

「好呀。」

我們坐在她的攝影機前，她像對朋友說話一樣，朝著鏡頭開始介紹我。

「這是我妹妹，小愛。她有自閉症，對美妝也不是很有興趣。」她對鏡頭做了一個誇張的表情，雖然我不太確定那是什麼意思。「所以，我今天要給她上一門速成課。」

她把椅子挪近我的座位，然後迅速拿起一支刷子。

「我很快處理一下妳的頭髮，讓它不會遮住妳的臉。」她說。

我和她都是長頭髮，媽媽說我是淡棕帶金的髮色。妮娜很快速的梳著，但動作很輕柔。我一直以來都很討厭洗頭和梳頭，非常討厭那種感覺。爸媽對這件事沒輒，好在妮娜總是很擅長整理頭髮，每個星期都會仔細的幫我洗兩次頭，然後編成兩股法式髮辮。

只有她知道該怎麼做。

「妳想對觀眾們談談妳的自閉症嗎？」她說。

「呃，」我瞄了一眼鏡頭，「不太想。」

「好吧，」她嘆了口氣。「那我們要從上妝開始……」

「妮娜？」

「什麼事？」

「妳覺得小琪還好嗎？」

妮娜重重的嘆了一口氣。「我得把這段剪掉了，小愛，專心談我們在做的事就好。」

「所以妳覺得她還好嗎？」

「上大學是個很大的轉變，」妮娜直說，一邊整理著幾支刷子，「她只是會比以前更累、更精疲力盡一點。」

「這是妳決定不上大學的原因嗎？」

她在許多小罐的遮瑕膏間猶豫著。「嗯，我有這份工作了。」只要有人說妮娜拍片當網紅不算真正的工作，她就會非常火大，所以我也不再多說什麼。她深吸了一口氣，接著表情又轉變成明朗愉快的笑容。

「我現在要擠一小撮遮瑕膏，然後從小愛的眼下開始抹。」

妮娜開始化妝。

她一邊對著鏡頭與我說話，一邊在我的眼皮和臉頰上塗抹。這感覺非常糟，我覺得很不舒服，像是臉上有油漆，但她和我如此親近，而且平靜又和善，所以我不想搞砸氣氛，只是坐著不動，任她擺佈。

我很高興她願意靠近我，所以其他的，我都不計較了。

5

我滿腦子都是獵巫的事。

我走在杜松村的森林間，想像自己有魔力，對著樹木和水面假裝施加咒語。我在林間旋轉著、自我刺激時，頭上的大耳機播放著音樂。我心想，不知道當年被獵巫的女性有沒有試過逃進這片森林裡，躲避追捕，走過同樣的小徑？

小琪在我身後大笑。我假裝對她施法，她便應聲倒在泥地上，於是我興奮的尖叫出聲。

她爬起來後，我們繼續沿著小徑走下去。我把耳機拿下來，掛在肩膀上。

「妳跟大學的人說妳有自閉症了嗎？」

「哼。」小琪嗤了一聲，抬頭欣賞高聳的樹木。「還沒有，我不覺得有必要。」

「但妳總是說應該要自豪的坦誠我們有自閉症。」

「我的確很自信，」小琪說，我感覺得到她很仔細的選擇用字遣詞，「但我在學校過得並不輕鬆，小愛。我有時候被那些霸凌者搞得很辛苦。」

「大學裡也有霸凌者嗎？」

「嗯，算是吧。」她從樹上摘下一片葉子握在掌心。「霸凌者並不會隨著妳從小學畢業而消失。大人也可以是霸凌者。」

我最早的記憶是在四歲時，家裡來了一個糟糕透頂的保姆，柯雷葛太太。那時爸媽的工作班表和現在不一樣，晚上有時會需要請她來家裡照顧我們。媽媽說會選擇她是因為她的社工經歷。

小琪當時是我現在的年紀，過得非常辛苦，一點小事都可能讓她恐慌發作或情緒崩潰。媽媽去上班後，柯雷葛太太就會完全變了一個人，無論小琪說什麼，都會對著她咆哮，罵她是個被寵壞的屁孩。有天晚上，小琪不肯吃柯雷葛太太做的晚餐，我記得我也不喜歡，就連從不惹大人生氣的妮娜都難以下嚥。

當小琪忍到極限，再也無法吞下任何食物，柯雷葛太太的理智線便斷了。她拿起一個盤子砸向小琪，並衝過去。然後小琪心裡似乎也有什麼東西斷了。

她開始哀嚎，那聲音我至今還記得。她尖叫、哭泣、敲打著頭部，像是想把柯雷葛太太罵過的難聽字眼全都敲出自己的腦袋。柯雷葛太太很快的採取行動，不斷的咒罵小琪，並用可觀的體重壓制，把小琪的手腕死死的扣在地上，然後逼近她的臉。

「住手！」妮娜當時哭喊著，我從沒看她如此害怕過。這麼久遠的記憶有時並不容易想起來，但這片段像電影畫面般，清清楚楚的刻在我腦海中。小琪扭曲的臉上掛著痛苦害怕的表情，和我當時的感受一樣至今仍歷歷在目。

「現在就給我停下來，妳這小畜牲。」柯雷葛太太咬牙切齒的吐出這些話，但看起來並不生氣，反倒罵得很過癮的樣子。

我想起了當時那種腥紅色的感覺，那股灼熱的衝動，還有痛苦的心悸。之後我撲向柯雷葛太太。

我用盡全力像列失控的火車般撞上她的背，牙齒深深的陷進她肩膀的肥肉裡。她尖叫著放開了小琪，想盡辦法擺脫我的嘶咬，小琪的全身則因為抽泣而劇烈震動著。

如果當時我們的鄰居賈姬太太沒有來拍門，小琪和妮娜說她們也不知道還會發生什麼事。賈姬太太通知了爸媽，而且從頭到尾沒有將眼光離開過柯雷葛太太半秒。

爸媽一到家後，我馬上就被帶離現場。我記得有吼叫聲，不過妮娜當時摀住了我的耳朵，跟我一起躺在床上，輕聲的隨便跟我說了一些話，試圖轉移注意力。

現在，我仰望著小琪。她美麗動人，長髮美得魔幻，一縷縷淡棕色的金絲在秋日的陽光下閃耀。她是我最可靠的姊姊，我無法將那個顫抖的孩子，和眼前這個自信滿滿的人聯想在一起。

我知道即使是現在，但凡有人想傷害小琪，我仍可能會想咬他一口。

「再多告訴我一些關於獵巫的事吧。」

她知道引我開始敘述某件著迷中的事物絕不會有錯。

「我讀到杜松村有位受害者叫梅姬，」我說著，學小琪也扯了一片樹葉下來握住，「人們誣陷她嫁給了惡魔。」

小琪大笑。「惡魔到蘇格蘭來幹嘛呀？我要是惡魔，肯定覺得這裡冷死了。」

「當時的人會編出各種謊言，只為了找到一個好理由給女性冠上女巫的罪名。」我難過的說。

「我懂，」小琪說，「手法都是一樣的。」

「我覺得梅姬不知道該怎麼澄清，」我說，「她的事情書裡寫得不多，但人們最終還是逼她認罪。」

小琪溫和的對我笑。「這真的很讓人難過吧，小妹。可憐的梅姬。」

「我同學艾米莉說我要是活在古代，也會被當作女巫燒死。」我忽然說出了實話。

「嗯，妳知道嗎，」小琪很乾脆的說，「我認為這個艾米莉聽起來爛透了，不知道珍娜到底喜歡她哪一點。」

「我猜是因為艾米莉比我少女，」我說，「她們會互相綁頭髮，一起擦指甲油，做這一類的事。」我把手裡葉子揉成一團。「我沒辦法擦指甲油，珍娜來家裡過夜時有讓我試過一次，結果我弄得一團糟。」

「珍娜有沒有做過任何妳感興趣的事？」

我想了想。「我不知道耶，她要我做什麼，我就做什麼。」

小琪讓我停下腳步，指著小徑盡頭，有棵老樹就穩固的佇立在橫跨河面的橋邊。

「妳看到那棵樹了嗎？」

「看到了。」

「有些人就像樹木，不管風怎麼吹，他們也永遠不會動搖，會一直昂首挺立。」

我抬頭望著她，看見她微笑著朝我手中的樹葉點點頭。

「現在張開妳的手。」

我把握拳的手打開。

「把妳的手抬高一點。」

我接著把手掌抬高，樹葉就擱在掌心。沒過幾秒，一陣疾風吹過，掌心便被一掃而空。我倒抽了一口氣。

「珍娜是一片葉子，小愛，」小琪溫柔的說，「而妳是一棵樹。」

我皺起眉頭，試圖理解她話裡的含意。最近她變得有些神祕，讓我難以捉摸。

我握住了她的手，不打算牽太久，畢竟我們倆都不喜歡長時間接觸的感覺。

但在這個當下，接觸的感覺很好。

我們走上回村裡的道路。走出森林時，我看到麥肯塔奇先生正準備離開銀行。我還來不及思考便叫住了他，並開始奔跑，小琪則跟在後頭呼喚我。

麥肯塔奇先生畏懼的盯著我，接著又看看小琪，好像希望她能把我拉走。

「委員先生，你應該重新考慮一下。」

「重新考慮什麼？」他望了望四周，似乎希望有哪個大人能過來救他。

「重新考慮獵巫的紀念碑。」我提醒他。

「喔，」他嗤笑一聲然後搖了搖頭，「這提議太蠢了，愛德琳。而且說實在的，我不清楚是誰指使妳這麼做，但這件事已經被否決了。」

「指使我這麼做？」

他彎下腰平視我，然後用艾米莉那種慢吞吞的聲調對我說：「是——誰——灌——輸——妳——這——些——主——意——的？」

「是我自己。」我向他保證。

他大笑了起來但充滿惡意，接著直起身朝他的車走去。「為了妳那些鬼主意而利用自己的妹妹很殘忍哪，小琪。」

我困惑的轉向小琪，她正惡狠狠的瞪著麥肯塔奇先生。

「但這是我的主意！委員先生！」我在他身後喊著。「我們學校正在教這些。」

「是是是，好。」他說完便關上車門，發動引擎。

我張口還想說些什麼，但小琪按住我的手臂阻止了我。「別說了，小愛。他只想相信自己那些心胸狹窄的廢話，隨便他吧。」

「但我不懂耶……」

「大人只要聽不慣我們想說的話，就會賴給我們的自閉症，說我們並不了解自己的想法。」她吁了一口氣，聳聳肩。「我在那間爛學校的時候，這根本是家常便飯。他們一天到晚說我抄別人的東西，就是不肯相信那些真的是我自己的想法。」

「但那樣……」我感覺到一股想跺腳的衝動，卻硬是壓了下來。「那樣不就像被獵巫的女性，我們永遠站不住腳！」

「我知道。」

我望著麥肯塔奇先生開著小車遠去，然後吐了一大口氣。「下一次的村民大會，我要再一次提議。」

小琪沒有回應，於是我轉頭看向她，發現她正微笑著。

「我覺得這主意超棒。」她說。

6

「妳讀很多書對不對？」奧黛麗問。

放學後，我們一起步行回家。我花了點時間才適應這個新習慣，畢竟以前上下學我都會調適好狀態，準備應付當天的混亂。好在奧黛麗並不會太聒噪，也不會用問題轟炸我，所以我不是很排斥。

「我現在正在讀一位獵巫受害者的故事，她叫梅姬，以前就住在杜松村。」

「梅姬？」

「對，當時的人誣陷說她是女巫。」

「我不敢相信妳在課後還做額外的研究。」奧黛麗笑著說。

「我也不是每次都研究，」我承認，「只對感興趣的事才這樣。如果我覺得沒意思，那腦袋就會關機。」

「是啊，我有時候看得出來。」奧黛麗說。「那莫什麼老師在講解長除法時，我就看到妳在盯著窗外。」

我皺起鼻子。「我不是故意的，我發誓。」

「而且妳知道那麼多關於女巫的事，」她說，「像我就沒去研究關於梅姬的任何事，這點很肯定。」

「我姊說這是因為我的腦袋像一臺電腦，」我向她解釋，「開機時裡面沒有任何資料，但之後就不斷的收集，資料就愈來愈多，電腦停不下來。」

「是不是所有人的腦袋都會那樣？」

「也許吧。但我的只要使用過度，就會當機。」

我們沒有說話，繼續走了一小段路後，奧黛麗才輕聲開口：「所以……妳到底怎麼了？」

我遲疑了一下，想確定她到底是不是帶著惡意問。

「我看到妳姊的影片了，」她說，「幫妳化妝的那支。」

「其實，我有自閉症，」我最終說了出口，抬頭望向蘇格蘭陰沉的天空。十月帶來了冷風寒雨，強風以驚人的力道吹襲著行道樹，真不知道這些樹是怎麼撐住的。

「自閉症是什麼？」

「是一種特別的神經狀態，」我用手摸著太陽穴，「意思就是，大腦裡有些地方跟別人不太一樣。它是一個跨度很大的光譜，光譜上有些人會完全不說話，有些人則是話很多。」

「就像妳這樣。」

「對呀。」

「那它對妳會有什麼影響嗎？」我看得出來奧黛麗正努力理解。

「我……我的感官會比較敏銳，可以毫不費力的聽到街上人們的聲音，看到很小很小的細節，察覺其他人沒發現的東西。我大腦處理事情的方式也跟別人不一樣，而且有時候，」我踢起人行道上一顆石頭，「有時候我真的很難解讀別人臉上的表情，如果他們刻意隱藏，我就沒辦法理解。」

「好的。」

奧黛麗沒有繼續問下去。回到家後我才發覺，珍娜從來就沒想過要了解我的自閉症。

我從圖書館帶了兩本書回來，一本是關於鯊魚，另一本是關於女巫。我跑進屋裡，直接進了廚房，卻發現妮娜淚眼汪汪的坐在那裡。

我停下了腳步。眼淚總是很難讀懂，畢竟人有時候會因為高興而哭，這真的很困惑。不過妮娜很顯然並不高興，她發覺進來的人是我，便猛然抹掉眼淚。

「發生什麼事了？」我沙啞的問。

她忽然瞄向我的肩膀後方，我跟著轉身，看到小琪就在那裡，眼睛一樣也是紅紅的，而且一臉憤怒。

「小琪跟我在談一些大人的事。」妮娜起身去倒了一杯水。「小愛，麻煩妳到樓上去看妳的書。」

我仰望著小琪。她試著擠出一絲笑容，卻裝不出表情，看起來還是既憤怒又難過。

我假裝上樓，再偷偷躲在樓梯間。我的聽力很好，即使廚房的門幾乎關上了，也還是聽得出每一個字。

「妳把她暴露在惡魔面前，妮娜。」

「不要那麼誇張，小琪。我把留言功能關掉，已經都不見了。」

「我就知道妳會宣揚自己有個身心障礙的妹妹，」小琪厲聲吐出每個字，「想展示妳對她的溫柔來博取網友的好感。」

「那個身心障礙的女孩不只是妳妹，她也是我妹！」妮娜吼著。

「當網紅不是比賽！小愛是個人，不是個道具。她很容易受傷，而妳卻把她暴露在網路上，給全世界的人渣盯著指指點點！」

「小愛是高功能自閉症，妳不要擺出那種臉色，這是完全恰當的醫學名詞，我只是想說人們會想看到這點。她狀況很輕微，小琪，就像妳一樣。」

「只是對妳來說很輕微！」小琪大吼，讓我畏縮了一下，我並不習慣聽到她這樣高聲說話。「對妳和每個冷酷的村民來說是很輕微，但妮娜，這對我來說並不輕微，對小愛來說也不輕微！妳會這麼說是因為我們這樣偽裝，還很痛苦的壓抑自己！」

「噢，少來了。」

「妳知道嗎，妮娜，」小琪砰的摔上抽屜，「小愛在那支影片裡看起來很不自在。如果妳真的認識她，妳就會看出這一點。她只是為了討好妳才配合妳的。」

接下來是一片沉默。我覺得自己就好像被困在一個箱子裡。

「我刪掉那些評論了，」妮娜最終輕聲說，「不要再提了。」

小琪不知道做了什麼，發出了沙沙聲，接著才說：「妳欠她一個道歉。」

小琪走進客廳，打開音樂，顯然她們的爭執結束了。我溜進爸媽的房間，打開角落裡那臺舊電腦，找到妮娜的頻道。她說的是真的，評論功能關閉了。但網頁上有個連結，是支針對我們的「回應影片」。

影片裡，一個和媽媽差不多年紀的女人在高談闊論，說我被詛咒了，是「現代悲劇」。我只看一分鐘左右就受不了關掉了。我看了底下的評論，大家都贊同她，還留言一些爸媽說我們絕對不可以罵的詞彙。有些人甚至說，如果我能講話就不可能真的有自閉症。

我關掉網頁，希望能像妮娜刪除評論那樣，也從記憶中刪掉這一切。有人覺得我的自閉症太嚴重，但有人又覺得我的狀況太輕微，真的好困惑。

小琪進入臥房查看我的狀況時，那些咒罵還在我腦中燃燒著。

「我猜妳聽力那麼好，一定聽到一部分我們爭執的內容吧。」她說，在我床邊的桌上放下一盤巧克力餅乾。「我很抱歉。」

我在床上背對著她說：「我好想跟其他人一樣。」

「不，妳不會想要的，」她立刻說，「不會的，小愛。其他人腦袋沒辦法接收那麼多資訊，而妳的卻無比寬廣，能容納萬事萬物。妳不會想要跟其他人一樣的。」

「妳怎麼知道？」我指出，眼眶灼熱。「妳和我都和常人不一樣。」

小琪停頓了一下。

「小愛，」她悲傷的說，「妳因為有這樣的大腦，所以才可以寫得出那麼多精彩的故事！」

「但莫菲老師把我的故事撕碎了。」

一陣寂靜過後小琪問：「她做了什麼？」

「她撕爛了我的鯊魚故事，在全班面前。」我說。

「小愛，妳為什麼沒告訴我們？她不能那麼做，不能那樣羞辱妳啊。」

「反正她就是做了。」我不知道自己為什麼在哭。「而且我好累。」

她嘆了口氣。「我知道，小妹。我也是。」

我不再多說什麼。小琪離開後，我抽出我的鯊魚書，輕輕撫摸著光亮的紙張。紙上印了一隻姥鯊，嘴巴張大到令人難以置信的寬度，紙上還有一隻鯨鯊，如此巨大又駭人，但卻完全無害。我閉上雙眼，多麼希望能夠離開此處，出現在蔚藍的海洋裡，一直一直游下去，不必再遇到任何生物。

一滴眼淚落在了書上的豹紋鯊，於是我很快的擦去它。不管這一天再怎麼爛、再怎麼糟糕，都不值得我為此去毀損一本圖書館的書。

7

參加校外教學對我來說就像一場賭注。

雖然參觀新的地方和學習新的知識似乎很誘人，但同學間的推擠碰撞、吵鬧的車水馬龍聲，以及陌生的行程，還是經常把當天搞得烏煙瘴氣。

幸好，今天的校外教學不必坐小巴士或火車，只需要從學校走到利斯河。莫菲老師叫我們找一個同伴，然後兩兩排成整齊的隊伍。

「我要跟珍娜一起走，」艾米莉說，幾乎把臉貼到我面前，「她是我最好的朋友。」

我的身體往後一傾，將自己和她拉開距離。「我都聞到妳的早餐了，艾米莉。」

奧黛麗哈哈大笑，走到後排和我站在一起。艾米莉則忿忿的大步走開，「一點都不好笑。」

「我不是在搞笑。」我誠實告訴她。「我有……，」我快速的搜尋了一下腦海裡的詞典，「我有非常犀利的感官。」

「非常什麼?」奧黛麗問。

「非常犀利。」

「那什麼意思？」

「就是……有很靈敏的感官能力，可以輕易的察覺細節，聞得到她早餐喝的蘋果汁。」

奧黛麗似笑非笑的看著我，「妳怪怪的，小愛。」

隊伍開始移動了。我沒有反駁奧黛麗，畢竟她沒有惡意。然而很多人和她不一樣。

我們跟著莫菲老師經過操場走出學校，往村裡走去。森林就位於杜松村的另一端，林間有一條陡峭的小徑通往河畔。

在校門口等著我們的，是一個看上去比妮娜和小琪大不了幾歲的大哥哥。他穿著長筒雨靴，很熱情的朝我們揮著手。

「同學們，」莫菲老師聽起來並不像大哥哥一樣熱情，「這位是派德森老師，正在愛丁堡大學攻讀博士學位，是我們今天的導覽員。」

「博士是什麼？」奧黛麗小聲的問道。

「我不知道。」

「我猜是『伯伯有事』。」

我們笑出聲來，引起了艾米莉和珍娜的注意，於是她們轉頭瞄一眼。艾米莉臭著臉，不屑的嗤了一聲。

珍娜則是滿臉訝異，眼神在奧黛麗身上四處打量。

「哈囉！」派德森老師向我們打了招呼，很明顯看得出來並不習慣接待我們這群小孩。「我們要學習關於女巫的事，有沒有很期待呀？」

我的腦袋原本舒服的坐著，聽到這句話後卻立刻起身穿好鞋子，興奮的準備接收新知識。

「有！」我大叫。

有些同學在偷偷笑我，但派德森老師似乎覺得很有趣。

課外查過資料後，我發現莫菲老師提到的審判方式在本地並不常見，反而比較常出現在歐洲的其他地方，所以我想知道杜松村以前到底是怎麼審判的。小琪要我告訴莫菲老師她的資訊錯誤而且「滿口廢話」，但媽媽喝止了，還很嚴厲的告訴我絕對不可以那樣說。

「好的，我們今天的第一站是利斯河，會先去參觀『女巫老樹』。」

「腳步加快！」莫菲老師發號施令，示意我們跟著她和派德森老師，一路向森林與河畔前進。

高聳的樹木遮住了十月微弱的陽光，地面因為昨夜的暴雨還有些泥濘。前方的同學在地上留下腳印，於是我試著把腳踩進去，看能不能剛好吻合。結果合不起來。

老師們在一棵矮壯的樹前停下來，樹枝粗壯多節而扭曲。他們在樹旁等著同學們集合。

「好的，同學們。」派德森老師張開雙臂，環視著我們的臉，有人覺得無聊，有人則一臉好奇。「我需要你們想像一下這個地方、這條河、這條小徑，還有這些樹，它們在幾百年前是什麼樣子。」

我馬上便想像出來。殘破的老牆上沒有街頭塗鴉，樹上也不會偶然卡著塑膠袋。以前的杜松村比現在更加陰暗寒冷，沒有車輛的引擎聲，也沒有斑馬線上嗶嗶叫的有聲號誌，取而代之的，是隱約的達達馬蹄聲，還有古代的造紙廠。

「數百年前的人就像你們一樣在杜松村生活，有農夫、磨坊工人，還有他們的家人。當地的教會，或所謂的蘇格蘭教會，是村裡主要的統治勢力，能做重大決策，掌管村子的運作，所以人們也會去找教會舉報女巫。」

他熱切的望向我們，兩眼發光。「你們有人知道當時如何辨別女巫嗎？」

有幾隻手立刻舉起來。他點了阿飛，其中一個男生。

「女巫都又老又醜又粗魯。」

「呃，」派德森老師看起來有點傻眼，「我不覺得耶……也許啦！也許有的人是這樣辨別，但這其實是一道陷阱題，因為並沒有認出女巫的確切方法，也沒有固定的規則。」

他將一隻手搭在身後的樹枝上。

「那時有個女人，名叫琴，全村都知道她離群索居、獨來獨往、會自言自語，而且沒有家人。雖然她平常和村民都保持距離，有一天卻和一位住在隔壁的男生爆發激烈爭執。爭吵時，她在氣頭上詛咒了鄰居。有誰知道我說的『詛咒』是什麼意思嗎？」

「說髒話罵人？」

「不太對，但猜得不錯，傑米。」莫菲老師說，給了那男同學一個大大的笑容。

「這裡的詛咒，」派德森老師繼續說，「就是施展一種邪惡的咒語，用超自然或魔法的力量去危害另一個人。而對琴來說，她只是出於憤怒而咒罵了鄰居，沒有別的意思。」

我試著去想像琴的樣子。她疲倦而悶悶不樂，只是想一個人待著，人們卻故意騷擾，整整四十年間，不斷的要她笑，要她表現得討人喜歡。

「但詛咒又不是真的，」艾米莉高聲說道，「魔法也不是真的呀。」

「當然，我們現在是這麼想的。」莫菲老師點點頭，親切的說。「不過幾百年以前的人相信各種和現在不一樣的事。」

「然後琴的鄰居就非常害怕。」派德森老師迫不及待想繼續把故事說下去，「他們躲進屋裡，因為被這個怪女人用手指著，說不定還施了咒語，所以煩惱了一整夜。他們把這件事告訴村裡的所有朋友，而最終消息傳到了教會長老的耳裡。」

我打了個寒顫。

「當時如果被指控為女巫，就會遭到審判。杜松村的教會就開庭過許多次，女巫們會在庭上受審，指控者和目擊者也會提出證據。雖然法律並不允許教會對女巫們行刑，畢竟那是愛丁堡的權力，可是！」

他突然打住。我緊抓著他所說的每一個字，眼睛在他的臉上搜尋著任何一絲線索，想得知故事的全貌。

「可是，」他似乎很高興看見我們如此全神貫注，「私刑正義在當時的杜松村很盛行。誰能告訴我那是什麼意思？」

我知道答案，但此刻不想有人注視。我跟小琪經常在這片森林裡一起散步，現在和其他同學站在這裡卻感覺非常奇怪。一群人聚在森林裡這件事本身似乎就不正常。

「那是，」奧黛麗開口回答，「我想那是指人們開始私自執法。」

「妳答得非常好！」派德森老師笑容滿面的對奧黛麗說。「琴詛咒完隔幾天，她的鄰居發現家裡死了一頭家畜。當然啦，家畜會因為各種原因死亡，但他們馬上就懷疑到琴身上，認為是詛咒造成的。」

這段故事讓我的想像力奔馳了起來，可以看到他所描述的每一個人。雖然我當然不曾見過他們，不過在我腦海裡，這是一段看得到的故事。琴清洗著她粗糙的雙手和靴子磨損的鞋底，而同時殘酷的指控和議論正在村裡四處蔓延，一直流傳到掌權的教會長老們耳裡。

謠言就像咒語，只不過更強大，也更具殺傷力。

「你們把琴的故事記在心裡，我們要先講另一位杜松村的女巫。」

我眨了眨眼。他怎麼可以不把故事說完，就這麼放著？

「目前，有不少關於蘇格蘭地區獵巫的文獻，但仍有許多女巫的全名和故事至今無從得知。不過我們知道，洛錫安地區的女巫最多。」莫菲老師告訴我們，「杜松村雖然沒有處死女巫的權力，卻仍然逮捕了許多女巫，並帶到城堡山上處以極刑。用酷刑拷問在當地也很常見，案例比在英格蘭多得多。」

我的手劇烈顫抖著，感覺「酷刑」這個詞扣住了我的手腕，緊緊掐住我的喉嚨。

「瑪麗在杜松村是人人皆知的瘋子，會在當地沿街乞討。當時人們認為她是低能兒，不過以今天的標準來講，則會認為有很嚴重的精神障礙，很需要慈善救助。可惜在過去，民智未開，人們也比較不包容，所以村民們就一致同意她是個女巫。」

我覺得不太舒服。

「瑪麗並沒有能力否認對她的指控，也根本不能理解發生了什麼事，於是私刑正義又開始了！」

我開始慢慢的遠離人群，卻沒有人發現。我感覺雙腿無力且胸悶。

「瑪麗和琴都被帶到村議會，遭人指控使用巫術。鄰居和村民們一一出席作證，宣稱親眼目睹過她們施咒、使村子陷入危險，但是當聽到議會決定把她們帶到愛丁堡接受完整的審判，村民們便決定自行處理。」

「為什麼她們不直接說這一切都是編出來的？」珍娜不解的問，卻帶著些許輕蔑。

我跟珍娜還是朋友時，她就經常問「原因」而不是問「過程」。

「琴可能解釋過，」派德森老師直說，「不過瑪麗沒辦法理解她自己的狀況，也不懂自己被指控的罪名。」

我有時不太能確定自己的感受，沒辦法清楚表達出來，但我卻知道那些情緒的顏色，也分辨得出它們是好是壞。

而現在，我的感受很糟。

「經過審訊後，瑪麗很輕易的承認了自己使用巫術，甚至主動露出身上的一枚胎記，結果杜松村認定這是巫術的標記。」

我想到之前讀過的受害者梅姬，她很可能就在困惑之中承認了自己明明沒做過的事。人們也許告訴她，只要承認並說出大家想聽到的答案，她就能回家了。他們難道也對瑪麗做了同樣的事嗎？

「所以接下來怎麼了？」珍娜迫不及待的問。

「瑪麗的供詞讓村民們滿意了。但對於琴，他們則動用私刑拷問，直到最後她也承認了。」

有些同學發出難以置信卻又興奮的聲音。派德森老師接著描述酷刑的細節，包括能刺穿拇指的簡陋刑具、鞭刑，還有各式各樣的刑罰。我移動步伐，離人群愈來愈遠，希望湍流的河水聲能蓋過他可怕的描述，也帶走我腦海中那些令人戰慄的可怖景象。

「最後，琴終於承受不住，承認了自己是女巫。」

「他們毀了她。」我嘀咕著，但沒有人聽到。

「兩個女巫都被咆哮的群眾拖到這裡來！」派德森老師幾乎陷入狂熱中，說到都激動了起來，舉起手指向身後那棵歪七扭八的女巫老樹。

「雖然絞刑比較常用在英格蘭地區，而蘇格蘭這裡比較常用火刑，但當時杜松村的居民決定使用這一棵樹來施行他們的私刑正義。」

忽然間，我崩潰了，無法再戴著面具偽裝，發出一陣嘶啞的低吼聲。我交叉雙臂抱住自己，左右搖晃著，試圖在泥濘的地面上站穩。我能感覺到所有人的眼光瞬間轉向自己，於是緊閉著雙眼，不想看到那棵樹，不想盯著它。

派德森老師和莫菲老師各站在我的兩側，而奧黛麗高聲的問我還好嗎？

我很確定自己看起來並不好。

「好了，不要鬧了，」莫菲老師把一個水壺遞到我嘴邊，「只是故事而已。」

確實只是故事。「但這些都是真實故事！」我喘著氣說。

「對，不過都已經過去很久了，」派德森老師試圖讓我放心，但沒有成功。

莫菲老師把我們兩人留在原地，把其他同學們集合起來，然後對派德森老師低聲說話。我的耳裡迴盪著心臟怦怦跳的聲音，聽不見她說了些什麼。

「好了，大家現在沿著河邊往橋那裡走。我們要接著討論蘇格蘭詩人羅伯特・

伯恩斯的詩歌，之前已經有當回家作業讓大家預習了。」

「老師，我可以留下來跟小愛在一起嗎？」奧黛麗問。

「不可以，」莫菲老師堅定的說，「讓她自己一個人冷靜一下，她鬧完了就會回來加入我們。」

他們開始動身離開。

「不用這麼激動嘛。」派德森老師以一種歡樂的語氣說道，而我正極力控制自己的呼吸。「故事是很悲傷，但就像我說的……那已經是很久以前的事了。」

「人們只因為琴和瑪麗與眾不同就殺了她們。」

「嗯，是沒錯，瑪麗是低能兒，而琴——」

「不要這樣說瑪麗。」

「好，那以現在的話來說，瑪麗有特殊需求——」

「瑪麗像我一樣，她就像我一樣。」

派德森老師的臉忽然變得蒼白，幾乎有些好笑。他尷尬的開始結巴，我則試著戴回隱形面具，繼續偽裝。我強迫自己和他的眼神交會，即便這是我很不喜歡的一件事，畢竟有時會感到很不自在，甚至痛苦難耐。

「我不是低能兒。」

「不，妳當然不是。」他囁嚅的擠出這句話。

梅姬、琴、還有瑪麗遭到各種哄騙，最終被逼入絕境。我為她們三個人感到非常絕望，幾乎無法呼吸。

我踉蹌著試圖回復站姿，然後猛灌了一口溫水。水吞下去後，我喘息著，試著呼吸。我把水壺遞給派德森老師，然後慢慢挪動腳步，想跟上同學們。我刻意忽略那棵樹，不想看到它。

我直直的望著前方，一路撥開樹枝，感覺它們就像伸手求救的骷髏。

8

「小愛的想像力非常豐富。」爸爸說。

我跟爸媽一起坐在我五年級的教室裡，莫菲老師和派德森老師也在。校外教學結束後，莫菲老師說要打電話給我的家長，請他們到學校來討論剛剛發生的狀況。

「達羅先生，我很清楚這點，」莫菲老師對爸爸說，臉上掛著大大的溫暖笑容，我以前從沒見她這樣笑過。「我們只是想確認以後有方法可以避免這種情況發生。」

她眉開眼笑的望著我，我忽然發覺，這可能是她第一次用這種表情面對我。

「妳不會被處罰的，愛德琳。」她補充道，臉上仍然堆著笑。

「對呀小愛，」媽媽附和，「妳完全不會被處罰啦。妳剛剛是承受不住了嗎❷？感官受到過度刺激了？」

我點點頭。

「我講的故事很恐怖，」派德森老師一臉歉意的說。「但小朋友們通常都很喜歡！」

「其他同學都很享受這次經驗，」莫菲老師溫和的告訴我爸媽，「只有愛德琳太激動了。」

我能感覺爸媽在我頭頂上方互相交換了一個眼神。

「小愛只是對事物的感受很深刻，」媽媽停頓了一下繼續說，「這是她自閉特質的一部分。」

莫菲老師的笑容抽動了一下，但爸媽並沒有看出來。

「而且她真的對這學期的課程主題很著迷，」爸爸說，「在家裡講的全是關於獵巫的事。我想今天只是有點超出她的負荷了。」

「我真的很高興妳感興趣。」派德森老師開心的說。「這個主題確實很迷人。」

「我只是因為……」終於換我開口，「她們都是活生生的人，但似乎沒有人在意。」

大人們靜默了一陣子，誰也沒出聲。

「如果妳太感性的學歷史，那可能會學得很辛苦。」派德森老師說，帶著一種奇異的歡欣。「戰爭、飢荒和獵巫，妳要懂得理性看待這些事。」

「她有在嘗試，」爸爸回答，「但我們並不希望小愛失去她的惻隱之心。」

❷ 自閉特質的人接受到超出自身負荷的外界刺激時（overwhelmed），可能產生情緒崩潰、僵住不動等反應，會暫時性的失去對自身行為的控制能力。

「是的，嗯，」派德森老師攤開雙手，朝我做了個手勢。「這滿新鮮的。我知道大部分罹患自閉症的小孩都沒什麼同理心，所以很高興能聽到妳有。」

媽媽從喉嚨裡發出一陣咯咯聲，於是爸爸伸出手摁住她的大腿。

「我有『自閉傾向』，」我幾乎是出於反射動作糾正他，「是一種特質，不是一種疾病。而且你說的是一種很常見的誤解，自閉的人實際上非常的……」

「富有同理心。」媽媽附和。

「對。」

派德森老師的臉有點紅了起來。

「你認識幾個自閉的人呀，老師？」我問道，真心的感到好奇。

「喔，呃，我……」他扯了扯自己的衣領。「嗯，我想，應該只有一個。」

「只有我一個。」

「是的，」他緩緩的點點頭，難為情的笑著，「就只有妳一個，小愛。」

「自閉不是性格上有什麼問題，」媽媽堅定的說，「問題並不在於小愛比較敏感或容易激動，她只是神經系統不一樣，認知也不同，需要更多條理，還有被理解、被支持。」

媽媽停頓了一下才接著補充：「我們希望小愛的童年能過得比她姊姊小琪好。」

聽到小琪，莫菲老師挑起了一邊的眉毛，眼神變得銳利，而媽媽也瞪了回去。

「我只是擔心，班上的狀況有時會對愛德琳造成太多負擔。」莫菲老師終於開口。「我有很多孩子要教，他們都應該得到均等的照顧。所以我有時在想，也許愛德琳去別的地方，接受真正一對一的關懷與照顧，會不會對她比較好。」

我聽到之後愣住了，因為她在課堂上幾乎沒跟我講過話，只會叫我把舉起的手放下，或是叫我字不要寫這麼醜。她對爸媽的這套說詞，講得好像自己必須每天隨時跟我坐在一起。事實上，她大部分時間都花在艾米莉身上，尤其是文法課和單字課。

「不必。」媽媽堅定的說。「小愛需要的是一般的學習環境。只要她找對方向就很獨立，而且非常有天分。她之前所有的老師都這麼說，還都非常喜歡她。」

媽媽和老師又繼續瞪著彼此。

我拿起書包轉向媽媽，眼睛看著地面。「我們可以回家了嗎？」

媽媽客氣但疲憊的微笑著。「我們會回家與小愛聊聊這件事。老師還有什麼事需要討論嗎？」

「沒有，」莫菲老師起身，「我們只是想讓你們知道發生了什麼事，還有讓愛德琳知道，她在學校可以得到幫助。」

爸媽說了謝謝，然後轉身離開。他們一背過身，莫菲老師明朗的笑容便消失無蹤。她向我投過來一個眼神，嚴厲而冰冷，然後才移開目光。

我跟在爸媽的身後一起離開。我想莫菲老師也戴著面具。一種不一樣的面具。

「她根本是個邪惡的歐巴桑。」

「小琪！」

全家人都圍著餐桌坐著。這情景很少見，通常吃晚餐時，爸爸或媽媽會因工作而不在家。我們用精緻的盤子吃著外賣的食物，妮娜吃著她的雞肉麵，不說任何話，小琪則非常憤怒。我試著想像邪惡的歐巴桑是什麼樣子，但想不出來。歐巴桑其實並不邪惡，至少杜松村本地的不是，她們雖然八卦，但很好聊天。

然而現在似乎不是指出這點的好時機，畢竟小琪還沒罵完。

「她難道就不能請導覽員不要用那些字眼嗎？」小琪憤怒的咬了一口蝦餅。「就不能請他不要講那麼多噁心的細節嗎？」

「可是大部分的同學都喜歡那些血腥的細節。」爸爸解釋。「這只是個意外，不是任何人的錯，小琪。」

「小愛，」媽媽溫和的說，幫我添了一些飯，「如果有人在學校裡說了什麼話讓妳不舒服，就應該跟大人講，這點妳曉得吧？今天有人欺負妳嗎？妳是因為這樣才不舒服的嗎？」

「沒有，」我拿起了湯匙，「我只是對故事感同身受啦。」

「妳能這麼認真真的很棒，寶貝。」媽媽堅定的說。「妳可以把這些心力用在提案上面呀。但如果妳承受不住或是受到過度刺激了，就必須告訴大人。」

我知道媽媽是對的。如果是以前教我的黑茲爾老師或艾絲佩思老師，那我肯定會說，因為她們一直都很願意騰出時間聆聽。

但莫菲老師不一樣。

「莫菲老師可能沒辦法馬上懂妳們。」媽媽堅定的說。「畢竟她是另一個世代的人，而且媽媽重病、丈夫去世，這可憐的女人一定挺心力交瘁的。她可能不是最有耐心的人，但也不是妳形容的那種邪惡的人，小琪。」

「小琪眼中只看得到黑與白。」妮娜輕聲說道。

「沒這回事，我就看得到妳身上穿著醜到不行的米黃色。」

「閉嘴。」

「妳們兩個！」媽媽打斷姊姊們。「別吵了。」

「莫菲老師可能在帶小琪的時候受了點創傷。」爸爸調侃。

「希望是這樣。」小琪衷心的說。「她糟糕透了，老是偏心其他同學，所以我時不時就會鬧她一下。」

「天哪，小琪，」媽媽疲倦的說，「怪不得她對小愛那麼提防。」

「她沒有資格因為我而去懲罰小愛。」小琪指出。「反正，她根本就不會教需要特殊協助的小孩。」

「嗯，很少人會吧，而且現在的老師要做的事情很多。」媽媽很明理的說。

「妳知道嗎，」爸爸看向我，「爺爺上學也上得很辛苦。」

「他告訴我他曾經被皮帶揍過！」我喊。

「是啊！他沒辦法集中注意力，所以老師會用皮帶打他的手。」

「但他說皮帶總好過罰寫罰抄。」我說。

「應該是吧。」

「至少莫菲老師絕對不會拿皮帶打我們的，」我慶幸的說，「所以也沒那麼糟啦。」

好一陣子，廚房裡只剩下餐具和陶瓷碗盤的碰撞聲。

「珍娜最近如何啊，小愛？」爸爸問。「妳不像以前一樣時常提起她了，她還是想當美髮師嗎？」

「我不知道。」

爸媽又互相交換了另一種眼神，然後是更多的沉默和杯盤聲。

「大學怎麼樣？」媽媽終於問小琪。

小琪做了個鬼臉。「還好。很無聊。」

「會不會很難？」爸爸露出一個鼓勵的微笑。

「課業好應付，」小琪說，拿了一些捲餅，「但人很難。」

我希望小琪看著我，但她沒有。她是我們家第一個上大學的，當初拿到無條件錄取通知書時，爸媽都哭了。

但她本人似乎不那麼高興。

「以後會有好多扇門為妳打開，琪琪，」爸爸興奮的說，「會出現好多機會。」

「是啊，」妮娜平靜的說。「妳以後不必在本地的超市當個小副理了。」

一陣可怕的沉默。

「這話好難聽，妮娜。」我悄聲說。

「妳現在就給我離開餐桌！」媽媽喝道，她所有的壓力和疲憊終於爆發了出來。妮娜丟下餐具衝出廚房，砰的把房間門甩上。我們還沒吃完，但媽媽隨即起身開始收桌子，小琪好不容易在盤子收走前搶下一塊雞肉。

「一般人呀，」小琪嘆了口氣，終於笑瞇瞇的看向我，「同理心真是少得可憐。」我噗哧一聲，果汁差點從鼻孔裡噴出來，爸爸則有點勉強的笑了。

媽媽和妮娜在樓上尖聲爭吵時，我和爸爸就在客廳裡坐，小琪也坐在我身旁。我們三人靠在沙發椅背上，一聲不吭。我看著爸爸，他看起來又累又難過。

我起身，快步跑過地毯到音響旁邊。在這一疊東倒西歪的唱片中，爸爸最喜歡的是第二張，舊舊的，上面還有幾道刮痕。我把它放進音響裡播放。

普羅克萊門兄弟的〈愛在陽光燦爛時〉流淌出來撫慰我們，蓋過了樓上的吼叫聲。我回到沙發上，坐在爸爸和小琪之間。我們若有似無的隨著音樂搖擺，爸爸開始跟著哼。

接著爸爸伸過手來，迅速而堅定的握了一下我的手，我也學他握了一下小琪。

媽媽和妮娜還在樓上繼續爭吵，她們的聲音漸漸模糊，以文字當作武器，用語言的力量傷得彼此體無完膚。我生氣或難過時，腦中幾乎不會浮現文字，只會忽然覺得講話很困難，但媽媽和妮娜不會這樣。

爸爸、小琪和我心滿意足的坐在一起，沐浴在音樂裡，不需要任何交流。

「校外教學的時候妳怎麼了？」

奧黛麗和我坐在自行車棚旁吃著午餐。我給她自己的炸薯片，她則把她的餅乾給了我。

「我當時承受不了，於是腦袋正在關機。」我直截了當的說。「派德森老師的故事讓我……聽不下去，所以我需要自我刺激，但又知道不可以，於是就變得非常恐慌。」

奧黛麗點點頭，不過我知道她還沒完全搞懂。我想一般人肯定很難了解這種全然不同的思考和感受方式，所有訊息都會被放大，變得更響、更亮、更好、卻也更糟。

「我當時只是覺得有點絕望。」我說，掰開一片巧克力餅乾，好方便一塊一塊慢慢吃。

「妳還在爭取那個獵巫紀念碑嗎？」

「對呀。」我把掰下來的餅乾放在大腿上。「委員會否決了，但我還要繼續試。小琪說我們應該做一些傳單拿去發。」

「我可以幫忙嗎？」

我吃驚的抬起頭。「可以！那太棒了！」

「我很會畫畫。我們現在就可以製做傳單，然後再用圖書館裡的影印機印出來。」

我迫不及待的點點頭，和她直奔艾勒森先生那裡，途中我把整塊餅乾一口吞掉。

「哈囉，小愛！」

我坐在圖書館的桌旁抬起頭來，發現是我們的戲劇老師，拉蒂茉老師。

「我很期待假期過後在戲劇課看到妳喔，」她興高采烈的說，眼角餘光瞄見奧黛麗在一張五彩繽紛的傳單上拚命塗鴉。

「我也很期待戲劇課。」我真誠的說，抬頭朝她笑著。她是所有老師中看起來最年輕的，但我猜她年紀並不是最小的，這樣說不知道合不合理。

「下學期要演詹姆士黨的歷史喔。」她興奮的說。「是說我記得在教小琪時演過詹姆士黨人叛亂。妳姊姊爬到長凳上，自己一個人就演完了整場基利克蘭基之戰！她結尾的時候還學跳下河谷的軍人唐納德．麥克班，從凳子上一躍而下，真讓我印象非常深刻。」

我咯咯的笑著。小琪超愛歷史，連帶讓我也愛上了歷史。她對著名戰役如數家珍，還會在房間裡跳來跳去，一人分飾多角。我最愛她扮演瑪麗．安東尼，再來才是羅伯特一世。

「妳們兩個在做什麼呀？」

「我們在準備村民大會的提案。」奧黛麗答道，舉起她的畫作。

「噢，哇！提案內容是什麼？」

「小愛想請村民委員會立一座紀念碑，紀念以前在這裡遭到處刑的女巫們。」

拉蒂茉老師吃驚的愣了一會兒，然後臉上展開一個好大好大的笑容。「我覺得這主意真的好棒！」

「真的嗎？」我覺得拉蒂茉老師是最棒的老師，所以真的很希望她肯定我的點子，別像莫菲老師一樣覺得這很蠢。

「這是一個很了不起的想法，」她向我保證。「我真的很為妳驕傲，為正確的事情發聲非常重要。」

我現在總算知道為什麼小琪常說「謝天謝地還有戲劇老師在。」

老師向我們道別去吃午餐，而我也更加下定決心了。

「老師說得沒錯，」奧黛麗說，換了一支色鉛筆。「這是一件正確的事。」

我點點頭。

「小琪是妳另一個姊姊嗎？」

「對，她跟妮娜是雙胞胎，但不是同卵雙胞胎，兩人完全不像。而小琪跟我一樣，都有自閉的特質。」

「所以……為什麼妮娜沒有？」

我聳聳肩。「不知道。自閉是天生的，而妮娜生來就沒有，只是這樣而已。」

「喔。」

「不過小琪的成長過程很辛苦。」我邊說邊把傳單拿過來細細檢視。「她在比我現在大一點的時候交了一個朋友，叫做邦妮。她們是在小琪被診斷有自閉後，看心理諮商師時認識的。邦妮的感官受到過度刺激時❸，她的凍結反應❹有時候會非常嚴重。」

我的手指輕拂過奧黛麗畫在紙上的女巫。

「邦妮的媽媽是單親，且狀況也不太好，所以她們撐得很辛苦，有時會需要幫助。然後有一天邦妮被政府帶走了。」

我可以感覺奧黛麗的眼光正停在我身上。「被帶走？」

「她被帶到兒童精神病院強制住院。自閉並不是精神疾病，但他們不在乎。」

「發生什麼事了？」

「嗯，邦妮的情緒崩潰⑤應該是嚇到了一般人，但她又不會傷害任何人！我見過她，知道她永遠不會的。她害怕時可能會傷害自己，但絕不會傷害別人。總之政府還是把她關起來了。」

「我不知道政府還可以這樣對她。」

「在兒童精神病院她可以外出散步跟會客，但一到了十八歲……」

③自閉特質的人遇到過多外來的刺激時(overstimulated)，大腦無法有效的處理或整合這些感受，就會被感受淹沒，本能的想逃離刺激源；而若無法逃離，可能會出現哭泣、尖叫、揮打等反應。

④凍結(shutdown)是自閉特質的人面對無法承受的壓力時可能有的反應之一，他們會試圖關閉感官功能，出現極度疲累、躲藏、無法動彈或易怒、喪失基本技能等反應。

⑤自閉特質的人面對無法承受的狀況時，因無法適切表達壓力而產生情緒崩潰(meltdown)，可能出現暫時性的行為失控，並非一般的「鬧脾氣」。失控行為可能表現在口頭上，如尖叫、哭泣，或肢體行為如踢、打、咬等。

我停了下來。奧黛麗在傳單上畫了一棵歪七扭八的樹，是那棵絞死女巫的老樹。她真是個很有天分的藝術家，畫得栩栩如生。

「她就被移到另一個機構，那邊的人更壞，而且門上沒有窗口，房間也沒有窗戶，只有四面牆。」

我感到胸口一緊，一陣尖銳的痛楚襲來。

「她媽媽不能帶她回家嗎？逼政府讓她出院？」

「如果你被強制住院，」我試著回想媽媽當初是怎麼跟我解釋的，「差不多就等於歸政府管，由他們來決定怎麼處置，由不得你的家人，也由不得你自己。」

「但那不公平啊！」

「我知道。」

小琪描述過邦妮去成人機構之前的最後一次探視。門上的窗口只有一本平裝書那麼小，猛然打開後，邦妮便伸出蒼白顫抖的雙手。

小琪說她握住那雙手，是冰冷的。

「邦妮的處境就像那些獵巫的受害者一樣，」我把傳單推回給奧黛麗，「大家對她有偏見，而且在某種程度上，對我和小琪也是，都擅自認定我們就是他們所想的樣子。」

奧黛麗低下頭看著她的畫，有點出神。「難怪妳校外教學時那麼激動。」

「我知道自己如果在公眾場合受到過度刺激，而旁邊沒有人幫忙解釋，別人可能會認為我很危險，想要傷害他們。」

「但妳並沒有啊！」

「對呀，但很多人還是不懂。」

我們在沉默中坐了片刻。

「這個紀念碑對我很重要，奧黛麗，」我生氣的說，「我很難解釋為什麼。琴、瑪麗……對我而言，那些女人聽起來一點都不危險，她們只是害怕。她們與眾不同，而且很害怕。」

她點了點頭。我感到精疲力盡，像這樣溝通或吐露心聲，會耗掉我極大量的精力，而這一切已經讓我開始頭痛。

「我們該去找艾勒森先生影印這些傳單，然後在放學後開始發放。」奧黛麗明確的說，開始收拾她的東西。

我點點頭，但刺痛的腦袋裡，小琪的身影還是揮之不去。

邦妮的身影也是。

9

「妳到底在做什麼啊？」妮娜問。

奧黛麗和我正在杜松村唯一的書店「向善書店」外面發傳單。妮娜開著媽媽的車厲聲責問，不過我們在做什麼她應該能看得一清二楚才對。

「妳不應該開車的，」我不服氣的告訴她，「妳還沒考到正式駕照。」

「小愛，妳不可以放學後就到處遊蕩。」她下了車，把車門摔上。「我真的很擔心，妳一個小時前就應該到家了。」

「我們是在宣傳提案，」我告訴她，而奧黛麗遞給她一份傳單，「不是在遊蕩。我們在這裡站半小時了。」

她飛快的瞄了傳單一眼，然後目光又轉回來瞪著我。「上車。」

「我們還沒發完，」我倔強的說，「克麗歐有拿一疊到她的書店裡放，但我們還有更多要發。」

克麗歐是向善書店的老闆，對我們的想法非常感興趣。好的書店老闆就跟好的老師一樣，都是救星。

「妳是奧黛麗嗎？」妮娜向我的新朋友打招呼，擺出她大人的架子和腔調。「妳自己一個人在外面，妳爸媽肯定也在擔心吧。」

「奧黛麗是從倫敦搬過來的，妮娜，」我不耐煩的告知她，「他們家根本不怕杜松村裡的一切。」

奧黛麗吃吃的笑了出來。

「妳們兩個給我上車，馬上。」

我們互看了一眼，終於妥協了。

「妳姊不像影片裡那麼和善耶！」奧黛麗悄悄的對我說。

我們坐進汽車的後座，妮娜則爬進駕駛座。

「妳家地址是哪裡？」她問奧黛麗，從照後鏡裡看著我們倆。

「我住在霧本街上。」

「嗯，知道了。」

妮娜開動車子。「所以妳們今天在學校裡學了什麼？」她繼續擺出她大人的架子。

「學到小琪以前在戲劇課重演過詹姆士黨的叛亂。」

「噢，天哪，」妮娜喃喃自語著，「小學畢業都已經過了這麼多年，小琪還是學校的傳奇人物，真是好消息。」

「對啊。」我開心的說，故意忽略她的反諷。

「我學到政府可以把小愛這樣的人關起來。」奧黛麗說。

車子忽然熄火。「妳說什麼？」

「我告訴她邦妮的事了，妮娜。」

「唉，小愛……」妮娜開動車子，往奧黛麗住的街道駛去，「妳不應該告訴別人的……奧黛麗，那整件事很複雜，而且沒有人會把小愛關起來。」

「是啊，只要我表現良好。」我咕噥著。

妮娜從鏡子裡瞄了我一眼，但再也沒說什麼。

我一邊喝著歐洲蘿蔔濃湯，一邊望著廚房窗戶外，注意小琪什麼時候到家。我桌上有一張傳單，準備給她看。妮娜無聲的喝著湯，而媽媽值完一個很長的班，所以上床休息去了。

「奧黛麗非常會畫畫耶！」爸爸說，一邊仔細看著傳單。「她畫得真好。」

「對啊，她要幫忙我宣傳提案。」我告訴他，又喝了一大口濃湯。

「太棒了。也許星期日的時候，妳們可以在教會裡放一些傳單。」

「你覺得教會會想赦免以前的女巫罪嗎？」妮娜冷冷的說。

大家都還來不及反應，廚房的窗戶便滑開了，小琪頂著金髮把頭先探了進來，然後才是她修長的身體。

如果我有尾巴，這時應該會拚命的搖。

「大家晚安啊！」

她坐了下來，給自己舀湯之前先朝我燦爛的笑了一下。

她的微笑和舉止看起來很愉快，但眼睛透露出些許疲倦，臉色也有些黯淡，我沒法理解為什麼。

「小琪，妳看我的傳單！」我衝到她身旁，把傳單遞給她。

「先讓她吃飯，小愛。」妮娜平靜的警告我。

小琪沒理她，一把接過我手上的圖。「哇，怎麼會這麼棒？小愛，這是妳畫的嗎？」

「不是，這是奧黛麗畫的，」我說，「她決定幫我一起提案了喔！」

「太棒了。」

「我告訴她為什麼這件事很重要，也告訴她邦妮的事了。」

小琪猛的抬起頭，對上我的眼神，笑容卻消失了。「什麼？」

我望望小琪，又望向妮娜，發現她正專注的盯著小琪。我聲音有些顫抖的解釋：「我告訴她政府對邦妮做的事了。」

「她覺得兩者很相似，小琪。」妮娜輕聲說。「那些女巫的處境……她認為跟邦妮一樣。」

小琪緩緩的把傳單遞回來，輕輕放在桌面上。「確實是一樣的。」

我重重呼出一大口氣。我就知道它們是一樣的，我就知道小琪會懂。

「邦妮的狀況還在掌控之中，」爸爸平靜的說，「她沒有被遺忘，妳媽一直留意著這整件事。」

「是啊，」小琪面無表情的說，站起身來，「但她還是被關在那個鬼地方。」

她走出廚房，我低頭看了看傳單，然後跟在她身後衝了出去。爸爸和妮娜喊著要我先把晚餐吃完，但我沒理他們。

我在街上找到小琪。她就在我們的房子前面，坐在路邊的街燈下，抬頭仰望著黑暗中的點點繁星，每個亮點都像在澄澈的蘇格蘭夜空上扎了一個小孔。

「別人不懂，小愛。」

我緩緩的在她身旁坐下。「不懂什麼？」

「不懂我們的感覺，不懂我們每天都不得不隱藏，不得不偽裝。」

「我知道，」我用手臂推推她的手臂，「就像被獵巫的女性，如果偽裝得不夠好，就會被抓出來處罰。」

「小愛，妳知道邦妮為什麼被帶走吧？」

「因為她再也戴不住面具了。」

「對，而那些……」她在爆粗口之前打住了，「那些人並不想幫助她。」

「就是因為這樣，這件事才對我很重要。」我小聲的說，幾乎都快聽不到了。

「我知道。」

「別人都覺得那只是故事而已。但那些都是真的，而且就發生在這裡。」

「我很努力，」我飛速眨著眼睛，「真的很努力去隱藏，但有時候我並不想這樣。我不想藏了，小琪。」

「我知道，」小琪安慰我。「我都知道，小愛。妳不該需要隱藏，應該要能隨時隨地放心地做自己才對。我們不該需要戴面具。」

「但是我會怕，」我低下頭看著雙手，彷彿手中有看不見的火花在劈哩啪啦作響。我受到了過度刺激，渴望能抓住些什麼。「我不想……最後被——」

「聽好了，」小琪並沒有直視我的眼睛，但我感覺得到她所有的注意力都在我身上。「我絕對不會讓妳遇到邦妮的情況。別人得先過我這一關，小愛，而他們絕對過不了。我絕對不會讓它發生。」

我有一次在超市裡情緒崩潰，不過整件事的過程不大記得了，只知道自己躺在冰櫃旁冰冷的地上，試著呼吸。小琪就在一旁保護我，喝斥著每一個想靠近的人。這件事發生在很多年以前，當時她只跟我現在一樣大，但卻已經非常成熟，像個小大人了。

「妳會一直待在家裡，小愛。」

她信誓旦旦的說著，並對我微笑。

「妳知道嗎，我的大學教授很愛告訴我們要『跳脫框架去思考』。」她隨口提起。

我笑了。「但妳根本不在框架裡。」

她的眼睛骨碌的轉動。「就是呀。」

「我們一直都不在框架裡面。」

或許以後也是如此，不管框架裡的人發生了什麼，我都沒辦法理解。我一直有種感覺，好像除了自己，其他人都會收到一頁頁的指示，引導他們生活的訣竅跟技巧，還有怎麼圓滑的與人相處。

而我總是感覺自己少了點什麼。我可以在一天讀一本書，過目不忘，並深刻體會一切事物，但可能永遠無法解讀模稜兩可的語言和曖昧的表情。

「有個女生拍了一支影片回應妮娜，」我不自覺的說著，沒有發覺原來這件事一直刻在腦海裡，「說我不是真的自閉。」

小琪嘆了一口氣。「我真希望妳從沒看過。」

「她為什麼那麼生氣？」

「因為，」小琪用雙手搓著臉，「自閉有好多種表現方式，小愛，而有些人不懂這點。」

我們在沉默中坐了一會兒。

「而且，」小琪終於開口，「別理會網路上酸民的謾罵，那種人最無恥了。妳應該在意的是自己怎麼想。」

「還有妳怎麼想！」

小琪得意的笑了，低頭看著她的腳。「沒錯，還有我怎麼想。」

我的指尖滑過人行道粗糙的路面。

「妳知道嗎，小愛，」小琪壓低聲音，回頭望了望屋子，「妮娜從來就不希望那些糟糕的事發生。她完全沒有惡意。」

小琪幾乎沒幫妮娜說過話，於是我笑了。「我知道啦。」

10

今天學校因為「教師研習日」放假一天，媽媽解釋那是為了讓老師額外進修而設立的，不過我依然搞不懂是什麼意思。爸爸已經去超市值班了，而媽媽套上了鋪棉外套，正在整理她的手提包。

「聽好，小愛，」媽媽一邊拉上她那件超大外套的拉鍊，一邊嚴肅的看著我，「妮娜會整天在家照顧妳，所以妳需要什麼就告訴她。不可以自己一個人跑出去，也不可以接電話。」

反正我很討厭接聽電話，所以對這點沒什麼意見。妮娜在我身旁滑手機，似乎沒有在聽。

「妮娜，今天不要把自己鎖在房間裡整天拍片，知道嗎？要無時無刻不待在樓下跟小愛在一起。」媽媽顯然想來點幽默，但語氣卻像爸爸說的一樣，「很難笑」。

妮娜嘀咕抱怨了一聲，然後繼續滑手機。媽媽一時間好像還想說些什麼，但只是搖搖頭，拍了拍我的手，就出門上班了。

前門關上一陣子後，妮娜從椅子裡起身，眼睛仍盯著手機螢幕。

「我今天要拍一整天的片，」她平靜的說，「一點的時候敲我的房門，我會幫妳做午餐。」

然後她上樓不見人影了。

我原本打算有樣學樣，可是卻發現一樣東西。在廚房門邊的流理臺上，有一疊小琪從星期五就堆在那裡的紙，她的學生證從紙堆裡凸了出來。

我驚慌的抽出來。幾個月前，小琪帶全家去大學參觀了一趟，導覽的大學生一直重複提起學生證很重要，提醒小琪絕對不能弄丟。

我知道爸爸都把零錢丟在廚房的抽屜裡，於是趕緊打開翻找。裡面有一大堆硬幣，我拿了足夠搭公車來回的錢，然後連同那張學生證全部塞進牛仔褲的口袋裡。

我走到門口，瞄了一眼上樓的階梯。我知道如果告訴妮娜，她一定會不准，但我也知道從這裡坐公車到愛丁堡大約二十分鐘就會到，所以可以在九十分鐘內來回。

而妮娜永遠不必知道。

我下定決心後，把門輕聲的帶上。

我狂奔向杜松村唯一的公車站，然後氣喘吁吁在車站等車。這感覺還滿刺激的，就好像出一趟任務。公車出現在轉角時，我捏緊了口袋裡小琪的學生證。

公車司機似乎不滿我付了一堆零錢，但還是給了我一張來回票。我坐在窗邊，望著杜松村消失在身後，向愛丁堡的方向前進，不禁感到坐立難安。我很擔心小琪，怕她會有麻煩或是被罵。

我的記憶力一向很好，只要去過一個地方，就能在腦海中記住它的樣子，並循著原路返回。我們都跟小琪去過一次大學，所以我還記得怎麼去。有次全家跟團去露營車營地度假時，我覺得小朋友玩的活動太無聊，於是離開跑去閒晃，還有辦法一路走回我們的露營車。主辦方發現我不見後，爸媽擔心得要命，找到最後才知道我自己走了回去。

他們可能無法理解我的腦袋可以變成一張地圖。

公車沿著王子街行駛，我抬頭望著城堡。它俯瞰著曾經的湖泊，也就是莫菲老師說女巫遭到審判的地方。我在想像那些景象時，差點就坐過站了。

我跑上小山丘，踏上皇家一英里大道，經過有金色腳趾的大衛休謨雕像，又經過忠犬巴比的塑像，一路前往我記憶中的那座建築物。

一走進建築物後，我的自信忽然有些動搖了。天花板看起來那麼高，四周的人都好成熟、好忙碌，而且我猛的想起自己並不知道小琪今天有什麼課、會在哪間教室裡。

我探頭進一間看起來像是辦公室的地方，裡頭跟我們學校的學務處有點像。一個女人捧著一大杯茶抬起頭，看到我時有點滑稽的愣住了。

「妳……妳迷路了嗎？」

「呃……差不多。」我不等她回應，自顧自進了辦公室，站到她的桌前。「我需要找到我姊姊，凱琪・達羅，她是這裡的學生。」

「好。」她放下馬克杯，看起來很緊張。「是有急事嗎？」

我想到那個導覽的大學生反覆強調不要把學生證弄丟。「是急事。」

「好，那我幫妳查一下，」她有點茫然的看向電腦，「是姓達羅嗎？」

「對。」

「而且是急事？」

「對。」

「好的。」

她打字打了好一會兒，我則不耐煩的輪流用單腳站立，跳來跳去。

終於，她隨手抓了一張廢紙，潦草的寫上教室的位置，然後遞給我。我一把抓過，轉身就跑出辦公室，隨後才突然想起自己應該道謝。

我再次探頭進辦公室裡。「謝謝妳！」

我必須一路問人才找得到路。大學的建築好大、好雄偉，而除了我之外，大家好像都知道自己應該往哪裡走。總算，有路人指出了正確的方向，我得坐電梯再往上兩層樓。

終於抵達教室門口時，我忽然膽怯了起來。透過門上的玻璃窗口，我看得到這是一間大講堂的後門，有一位講師正在講堂最前方上課。

投影機投射出艱澀難懂的文字，很多學生零零散散的坐在講堂裡。

我推開門後，講師停了下來，瞇起眼睛瞄了我一眼，人們也都轉過頭來。

然後我看到了小琪。

其他的學生三三兩兩的坐在一起，形成許多小團體，只有小琪一個人獨自坐在教室前排。她穿著深色牛仔洋裝和及膝的黑色長統靴，還戴著黑色太陽眼鏡。她戴的是醫師建議的特殊鏡片，可以幫忙濾掉日光燈的螢光。

我站在教室裡，感覺那些燈光好刺眼。我皺起了眉頭，燈光實在太亮了。即使小琪戴了太陽眼鏡，一定也還是萬分煎熬。室內的溫度也很糟糕，一點都不舒服。短短幾秒內，我就能感覺得出來小琪有多難受，其他人又有多放鬆。

她轉頭看向後方，雖然戴了眼鏡看不出眼神，但顯然很訝異看到我在這。

「請問有什麼事嗎？」講師喊著，困惑又好奇的抬頭望著我。

「那是我妹妹，」小琪很快的說，然後離開座位，一路沿著講堂的走道跑上來。

有些學生竊笑著。她帶我走出講堂，在吃吃的笑聲中關上門，然後抓住我的肩膀。

「怎麼回事？妮娜怎麼了嗎？」

「不是啦。」我把手伸進口袋裡，得意的掏出學生證。「給妳！」

一時間，她什麼也沒說，從我伸出的手中接過學生證瞪著看，就好像從未見過這東西。

「小愛……妳一路跑來這裡，就是為了給我這個？」

「沒錯。」

她看起來並不高興，也沒有鬆了口氣，這讓我忽然覺得不太舒服。是我誤會了嗎？是我犯錯了嗎？

「妮娜，」她環顧著無人的走廊，「妮娜在這裡嗎？」

「沒有，我偷溜出來的。」

「小愛，妳不可以這樣。」

小琪的臉忽然扭曲起來，好像承受著莫大的痛苦。她環抱著自己，轉過身背對著我，一隻手扶在牆上試著穩定呼吸。我感覺一股恐懼從背脊直竄而下。

「小琪，妳怎麼了嗎？」

她沒有轉過身來，也不肯看我。

「我……我沒有辦法。」她試著說話，但停了下來。

有什麼地方出了嚴重的問題，是不是因為我突然出現嚇到她了，畢竟我們都不喜歡驚嚇。還是因為教室裡的燈光？畢竟我只在裡面待了幾秒就已經感覺糟糕透了。

我看過小琪受到過度刺激的樣子，但從沒見過她連話都說不出來。

「小琪，妳還好嗎？對不起，我以為那個很重要。但妳怎麼受得了這個地方？這裡又糟又潮溼，而且太亮、太吵、太匆忙了。」

我隱約看得到她鏡片後面的雙眼閉了起來。她用劇烈顫抖的手掏出手機，看到一整排通知後嘆了口氣。

我看到她手機螢幕上有一整排的未接來電。

她挽住我的肩膀和一隻手臂，一邊帶著我向建築物外面走，一邊撥了妮娜的手機號碼。

「喂，」電話接通後小琪顫抖的說，「她在我這裡，我找到她了——」

妮娜在電話那頭急速的說了些什麼，但我聽不出來內容。

接著她掛掉了電話。

「是妮娜會來接我們嗎？還是我們要搭公車？」

小琪瞄了我一眼，然後搖搖頭。我看得出來她現在還是很難開口說話，只是簡單的回了：「是媽媽。」

我感覺到自己的臉霎時變得慘白。

「妳最近已經很不可理喻了，結果這次更誇張。」

妮娜沉著臉聽媽媽訓話。我們四人坐在車裡，正往杜松村的方向駛去。

「我有打電話給妳，不是嗎？」妮娜憤怒的回答，「我一發現她不見就打給妳了。」

「但妳應該隨時跟她待在一起！」媽媽吼道。她的個子不高，但音量卻可以大得驚人。「我都已經吩咐了，妳還故意不聽。況且小愛有可能被任何人帶走，任何意外都有可能發生！」

我在後座皺起眉頭。大人老是這樣，說這世界很危險，陌生人很壞，但從來不解釋為什麼。大人說要小心，可是從來不給個理由。「是我不好，媽媽，」我緊張的說。「我知道偷跑不對。我以為可以在妮娜發現之前趕回家。」

「這更加證實了我的看法，」她充滿挫折的搥了一下方向盤。「妳應該隨時隨地有人看著。」

「我們可以把音量降低一半嗎？」小琪問，把頭緊靠在車窗上，眉心緊蹙。「這車裡好吵。」

「小愛，如果大人告訴妳不可以做某件事就不可以去做，如果要妳做那妳就照做，可以嗎？妳明明知道不可以出門，卻還是偷跑出去了。」媽媽瞪著我，然後再轉向妮娜。「妳們兩個都應該更懂事。」

我沒說什麼。大人才不可能總是對的，至少我想莫菲老師不是。

「她怕我因為沒有學生證會惹上麻煩。」小琪緩緩的說。「她誤會了所以才犯錯，現在可以放過她了。」

「小愛，妳不能老是跟在小琪後面跑，」媽媽的聲音緩和了下來，「尤其是大人說不可以的時候。」

我望著窗外飛逝的街景。「我怕小琪會惹上麻煩呀。」

媽媽嘆了一口氣。「我知道，但妳要從整件事的角度來看。妮娜發現妳不見了，所以打電話給我，然後我們現在才在這裡。妳應該告訴妮娜學生證的事，應該跟一個大人說才對。妳這孩子，今天做了一些糟糕的決定。雖然我知道妳的出發點是好的，但如果可能讓壞事發生，那就不對。」

「又沒有什麼壞事發生。」我冷冷的說。我望向小琪，但她沒有看回來，反而直視著窗外，沒有任何回應。

「妳現在為什麼會這樣？」我急切的問。「妳怎麼變得不一樣了？」

小琪笑了一聲，但那不是愉快的笑。「我一直都不一樣。」

「但妳不曾像現在這樣，」我堅持，「妳變得不一樣了，剛剛還幾乎說不出話來！」

聽到我這麼說，妮娜轉過身來，擔憂的盯著小琪。「怎麼了？」

「沒事啦。」小琪低吼。

「她剛剛差點說不出話來！」我激動的說。「真的是這樣！大學的校園真的很糟，沒有一個地方是為我們這種人設計的！」

「小愛，不會有地方是為我們這種人設計的。」小琪喃喃的說。

「圖書館就是！」我反駁。「艾勒森先生把環境維持得安靜、整齊又開闊。」

「又發生了嗎？」妮娜輕聲的問小琪，輕到幾乎被車聲蓋過了。

「妮娜，」媽媽嚴厲的說，「上大學很難，小琪還在調適。」

「為什麼妳不告訴我發生什麼問題了？」我追問著小琪，不理會媽媽。

「因為沒有什麼問題，」小琪說，輕鬆的朝我微笑，但我看不出來她的眼睛是否也在笑。「沒有什麼問題，我很好，小愛，不用擔心我。」

我坐回自己的位置，瞪著窗外。「妳說謊。」

11

奧黛麗和我在上學途中遇到一隻巧克力色的拉不拉多犬。牠愛玩又好動，看到我們便開心的想找人玩，結果我們差點就遲到了。我好希望哪天也可以養寵物，畢竟跟人比起來，我幾乎一向是比較喜歡動物。話雖如此，我還是一天比一天喜歡奧黛麗，她很會講笑話，還很會模仿老師和電視上的公眾人物。抵達校門口時，我們正大笑著，而珍娜與艾米莉就站在會客室一旁，還故意讓我們看到她倆在嘻笑、說悄悄話。

「她們的人生好無聊喔。」奧黛麗說。我想了想，發現她說得沒錯。我跟奧黛麗在一起時充實又開心，根本沒有時間去欺負別人。

奧黛麗堅定的勾起我的手臂，我們一起抬頭挺胸的走進學校，幾乎快要忍不住笑出聲來。我們正在掛外套時，忽然傳來了一個微弱的聲音說：「小愛？」

我轉頭，看到珍娜，她只有一個人，艾米莉並不在身邊。

「怎麼了？」奧黛麗幫我回答。

「我可以跟妳說一下話嗎，小愛？」

「我們現在就在說話呀。」我皺起眉頭回答。

「不是，我是指私下說？」

我不知道為什麼要私下說，但還是跟她進了女廁。正當我問她想說什麼時，卻訝異的看到艾米莉從其中一間廁所走出來。

「妳覺得自己很聰明嗎？」她犀利的說，步步進逼。「做夢。妳根本就是個神經病，所以永遠別想取笑我和珍娜，聽到沒？」

我覺得自己就好像一腳踏進了妮娜愛看的爛電影，而艾米莉就像螢幕上的角色一樣說著話。她跟珍娜都迫不及待的想趕快成年。

「我們又沒有笑妳們。」

「閉嘴！」

「那也許妳也不該取笑別人，」我嚴肅的說，「如果妳那麼不喜歡，那就不應該對別人這樣。妳應該更有——」我飛快的翻閱腦中的同義詞詞典，「同理心。」

一種難以言喻的表情閃過艾米莉的臉上，然後轉變成輕蔑的嘲笑。「妳根本不知道同理心是什麼，因為妳那壞掉的腦袋根本感覺不到。」

媽媽總是說有些人不值得搭理，所以我轉身離開廁所，拒絕搭理她。

我剛好趕上時間準時回到教室。奧黛麗拋過來一個眼神，我猜是想問發生了什麼事，於是我集中精神也回了一個眼神，示意待會再告訴她。

莫菲老師進了教室，然後叫一個男同學幫忙發數學習作。我感覺背脊僵硬了起來。是數學！我看得出來老師沒什麼耐心，而我的數學又很糟糕。今天要算多位數乘法，但我得算好久才解得出來。

果然不出我所料，今天要作的範圍有十三道題目。

「保持絕對安靜，」莫菲老師說，「不准討論。」

我盯著面前的數字，感到越來越慌張，並開始嘗試解題。莫菲老師示範過怎麼解，還告訴我們不可以用別的方式運算，但她的方法我看不懂。我於是嘗試另一個方法，用自己的方式寫出運算過程。

這樣簡單多了，也解得出來。

不過我好掙扎。答案看起來是對的，感覺起來也是對的，但它長得跟別人的都不一樣。

課程繼續進行，而我第一次解出了所有題目。跟大家一起交出習作後我鬆了口氣，成就感油然升起。

我在圖書館和奧黛麗一邊吃午餐時，一邊把來龍去脈都告訴她。

「我好討厭數學，」她打了個冷顫，然後咬了一大口蘋果。「我哥說我們完全不需要數學。」

「妳哥在這裡還是在倫敦？」

「他在倫敦的牛津大學，」她答道，「念書。」

「倫敦是什麼樣子？」

「這個嘛，」她想了一會兒，「我覺得妳大概可以在倫敦市塞進一百萬個杜松村，而且還塞不滿。」

「不可能。」

「當然有可能。」

我聽到後非常驚奇。「妳在舊家看得到那座大鐘嗎？」

「看不到，」她說，「我們住在倫敦塔外面的塔村區，在金絲雀碼頭附近。我小的時候還以為天際線那邊的城市就是紐約。總有一天我要搬去那裡住。」

「哇。」

我翻了書上的一頁。

「這本是關於鯊魚的嗎？」

「不是，」我把書轉過去讓她也看得到，「是關於女巫的。」

「我想也是。」

她把蘋果吃完之前，我又讀了幾頁。

「妳為什麼那麼喜歡鯊魚？」

聽到這個問題我整個興致都來了。「我好愛牠們的一切。牠們的祖先比恐龍早幾百萬年出現，非常古老，超級不可思議。」

「是很古老，但牠們不是會吃人嗎？」

「不會，」我堅決的搖搖頭。「牠們可能會因為誤以為是海豹所以咬傷人，但絕不會主動傷害或捕食人類。」

「我不太相信，」她咯咯笑著，「我還是覺得鯊魚很可怕。」

我黯然的回來繼續看著自己的書，覺得既尷尬又難過。奧黛麗發現後說：「我的意思是，妳好厲害，知道那麼多關於牠們的事。」

我開口替鯊魚說話，「牠們是很了不起的魚類，超級聰明。」

「但我喜歡海豚。」

「怎麼大家都喜歡海豚？」我難過的說，「我看不出來牠們哪裡比鯊魚好。」

「牠們看起來比較友善，」她指出，「比較不嚇人。」

我心不在焉的點點頭，又埋頭進我的書裡。我感到有些空虛，洩了氣，感覺也許我們談的根本就不是鯊魚和海豚。

12

「我們教室見。」鈴聲響起時，我告訴奧黛麗，她困惑的點點頭。我收起關於女巫的書，從包包裡抽出鯊魚的書，然後拿到艾勒森先生的桌前。

「已經看完了？妳的速度又更快了。」艾勒森先生笑嘻嘻的說。

「我不想看這本書了。」我低聲說。

他的笑容消失了。「喔，小愛，為什麼？」

我努力忍著想哭的衝動。「鯊魚很蠢，沒有人喜歡牠們。」

「小愛，」他靠著桌緣坐下來，從我手上接過書，「但重要的是妳喜歡呀。」

我用袖子擦了擦眼睛，四處張望。「請問有關於海豚的書嗎？」

「嗯……」他看起來很驚訝，「有，這邊當然有，只是……」

「那我想借一本關於海豚的書。」

他停頓一下，接著才去拿了一本給我。我刷完借書證後把它收進書包裡，塞在女巫的書旁邊。我沿著走廊趕回教室上下午的課，還感覺得到他望著我離開。

全家只有小琪和我出席今晚的村民大會。媽媽去上班前，拜託我們一定要守規矩，還特別嚴厲的看了小琪一眼。小琪答應了下來，但隨後朝我眨眨眼，讓我笑了。

我們抵達村公所大廳的時間很剛好，搶到了正中央的位子。麥肯塔奇先生宣布會議開始後，一陣沉靜籠罩了原本喧鬧的大廳。我不耐煩的等著提出臨時動議，卻感覺好像沒完沒了。米利安婆婆說清理杜松村森林的垃圾很重要，但麥肯塔奇先生打斷她，於是她高聲斥責。

「半個蘇格蘭的塑膠袋好像都跑到我的前院裡來了，我難道沒有權利發點脾氣嗎？」她對麥肯塔奇先生咆哮。

米利安婆婆的房子是全村最大的，不過蓋在森林裡。她不常出席村民大會，事實上，我們根本很難看到她出門閒逛。小琪說她有點像個隱士。

根據妮娜的補充，還是一個有錢的隱士。

「米利安，我承諾過妳會討論此事了。」

「哼，等你兌現承諾，就像等我丈夫死而復生一樣，根本毫無意義！」

「米利安，妳不許這樣對我講話！」

「來啊，反正我都熬過戰爭活下來了，難不成還會怕你！」四周響起零星的反對聲，但小琪跟我得咬著手才能忍住不會噗哧的笑出聲來。看到有人和麥肯塔奇先生正面對峙實在很好玩，他惱怒又尷尬，滿臉紫脹。

當他終於開放村民發言時，我便第一個站起來。果斷、執著、堅決，我的同義詞詞典裡有上百個詞能形容此刻感受到的決心。

「夠了，小朋友，」我還沒開口，他便打斷我，「我們都知道妳要提什麼事情，答案仍舊是不行。」

「為什麼？」小琪追根究柢的問。

「妳想提出什麼？」米利安婆婆大喊，於是我轉頭望向她。

「我希望杜松村設立一個紀念碑，紀念那些獵巫的受害者。」

我以為婆婆接下來會翻白眼或是說些輕蔑的話，但她只是盯著我，臉上掛著一種我說不上來的表情。

「很多女性被吊死在杜松村裡，」我下意識的向隱居的婆婆解釋，「卻沒有經過公正的審判。我一直在學校圖書館裡讀相關的書籍，有些女性被燒死或是塞進裝滿釘子的木桶裡。」

人們發出作嘔的聲響，這燃起了我的怒火。他們怎麼能就這樣坐著，不滿我說出實話，反而更願意接受事實本身？

米利安婆婆的注意力回到了麥肯塔奇先生身上。「那你反對的點是什麼？」

麥肯塔奇先生的喉嚨裡發出陳悶的低吼，然後掰開肥如香腸的手指細數：「這件事花錢、花時間，還要找設計師，根本是沒事找事。」

「我會自己籌備款項！」人們坐在位子上，轉過身來盯著我。「我會自己籌備款項，」我重申，「我會去幫忙遛狗、洗車、清理花園。我會為此籌錢，委員先生，而且也已經開始進行，還做了傳單！跟我的朋友奧黛麗一起做了非常多。」

「小朋友，」另一位委員開口，「妳就算把這裡到西非廷巴克圖的每一輛車都洗完，也依然賺不到足夠的錢。紀念碑很昂貴，需要很多金錢和籌畫。」

「哦，那村裡的經費呢？」小琪魯莽的問。

麥肯塔奇先生不可置信的笑出聲，差點嗆到了自己。「那筆經費，」他深吸了一口氣，「是留給村裡真正重要的事務。」

「什麼事？舉辦賽豬嗎？」小琪立刻嗆回去。

「喂！」另一名委員，麥克布萊德先生明顯的被這句話激怒了。「卡魯瑟斯贏過五屆的全國冠軍，牠每贏一場比賽就可以凝聚很多人，今年還會去參加皇家高地展！」

「妳最好有點禮貌，學會尊重這個村子的傳統，孩子。」麥肯塔奇先生對小琪說，拍著麥克布萊德先生的手臂，把滿頭大汗的他強按回座位上。「這些歷史悠久的習俗對妳而言可能是個笑話，但我跟妳保證，對大多數的杜松村村民來說絕對不是。」

「這不是笑話，而是悲劇。」小琪不假思索的回嘴。

「我倒是認為這個提案還不錯。」米利安婆婆表示，她的木頭拐杖如法官的木槌般在地上重重敲了一下。

「委員先生，我會籌到所有的錢。」我急切的說。「我一定會的！我保證！」

「唉，就讓這小孩試看看嘛！」大廳後方有位女士高聲的說。

「對啊，」一位先生附和，「有什麼害處嗎？」

「害處就在於，」麥肯塔奇先生勃然大怒，「讓一個罹患自閉症的小孩以為我們縱容這個荒謬的提案，等最後不能兌現時再傷透她的心。」

「是有自閉的特質。」

他停了下來。「那什麼意思？」

「我不是罹患自閉症，而是『有自閉的特質』。」

他看起來好像想繼續爭辯什麼，但還是忍住了。「提案駁回。」他唐突的宣布。

「拜託，委員先生！求求你了！」我在心裡翻找了一遍，思索著到底應該怎麼模仿一般人才能提案成功？該怎麼做才能讓他們了解這件事有多重要？我跟所有人都進行了眼神交流，還確保自己的聲音有抑揚頓挫和豐富的表情。我已經照他們的意思表現了，到底還能再做些什麼？

「求求你，」我環視整個房間，「這些女性在世時的最後感受就是恐懼，只剩恐懼和痛苦。她們看著那些不了解她們的人，指控著莫須有的罪名！」我感覺這一切的不公平在體內漸漸累積。

「委員你根本不懂，」我聲音顫抖著說，「不懂因為身不由己而遭受處罰是什麼樣的感覺，不然就不會忽視這件事的重要性了。」

「在愛丁堡已經有挖一口井紀念她們，那應該就夠了。」他一臉得意，自以為將了我一軍。

「我看過那口紀念井，」小琪接著幫我說話，「它並沒有承擔所有的責任，也沒有承認整件事不對，幾乎像在檢討受害者。」她和我四目相對，露出了悲傷的微笑。「我們應該要做得更好，就在這裡。」

「我們討論一下，」麥克布萊德先生主動提出，不過看上去仍對賽豬的批評有些悻悻然。

整個房間陷入低沉的談話聲中，委員們正聚成一圈討論。我移動到米利安婆婆身旁，向她開口。

「謝謝妳幫我說話。」我說。

她沒有抬頭，所以我清了清喉嚨，再次表達我的謝意。

「我聽到了，」她粗聲說，「沒必要謝我，反正他們不會同意的。」

我瞄了小琪一眼，她正帶著困惑的表情望著這位老婆婆。

「嗯，」我把衣袖拉下來蓋住雙手，「還是謝謝妳。」

她咕噥了一聲，但還是不肯看我。我不在意，畢竟自己有時也不想看著別人，應該說經常如此。

我在小琪身邊坐下來。她輕觸了我的手腕一下表達支持。

「小朋友。」麥肯塔奇先生注意力轉回房間裡。在等待決議的同時，人們的對話聲逐漸消失。

這次又是否決。

但不知為什麼，這次的否決並不那麼令我感到心痛了。我知道自己會繼續嘗試，也知道可以不斷的嘗試，無論他們怎麼告訴我我辦不到。
什麼時候放棄，我自己說了算。

13

「請問妳是?」

奧黛麗的媽媽倚在門框上,一臉疑惑的望著我。

我的嘴巴發乾,手開始抖動,令我開始想自我刺激。我不知道為什麼這類簡單的事,會讓我如此緊張害怕,但它就是會。我鼓足了很大的勇氣,才敲的門。

「請問奧黛麗有空出來玩嗎?」我好不容易擠出了這個問題。

「啊?」

「那個,」我開始感到有點驚慌,和陌生人說話我通常需要有人在旁邊幫忙,我怕會說錯話。「奧黛麗在家嗎?」

「噢,」她的臉柔和了下來,「妳是小愛嗎?」

「對。」

「進來呀,她還在跟她哥哥講電話,但過一會兒就會出來了。」

我比較希望能待在外面的前院裡等,但我知道這樣很沒禮貌,所以跟著進了屋。

她家跟我們家的屋子有點像,但還沒有完全裝潢好,樓梯旁還堆著紙箱。我聽得到奧黛麗清晰自信的聲音從後方的廚房傳來，所以我在門廳徘徊著。

「妳真可愛，妳可以進來屋裡呀。」

奧黛麗的媽媽邊笑邊說。她把「可愛」說成「口愛」。

「小愛！」

我們一起轉身，看到奧黛麗三步併作兩步的跑向門廳。她穿著一件連帽衣，帽子拉起來戴著，一隻手拿著一片吐司，另一隻手中是一支電話。她把電話塞進她媽媽的手中，接著就開始穿鞋。

「妳什麼時候會回來？」奧黛麗的媽媽把電話掛回牆上，一邊問著。

「不知道，」我們跑出前門時，奧黛麗回答。「掰。」

我們朝樹林的方向前進，奧黛麗說她想讓我看樣東西。

「我們繞遠路，這樣妳就不會看到那棵可怕的樹了。」我們抵達進入森林的小徑入口時，她告訴我。

我被她的體貼嚇了一跳。通常沒有人會想到要幫忙減少我的難處。

「我們要去哪裡呀？」我問。我們在森林裡穿梭，跨過河流，往森林更深處的巨木群前進。

「妳等下就知道了！」

我討厭驚喜。我喜歡可以預測的事物，喜歡準確的知道事情會怎樣發生。到了聖誕節，爸爸和小琪會盡量幫忙我安排每天的日程，還有教我該怎麼準備。

否則我會承受不住。

即使奧黛麗帶領著我避開女巫樹，在森林裡穿梭，我還是感覺得到它的存在——它醜陋猙獰的枝幹，和哭聲的迴響。妮娜說那些都是我想像出來的，只存在於我的腦海裡，但即使是我想像出來的又如何？它們真實存在過。正因它們真實的發生過、存在過，現在才會在我腦海裡。

我的自閉症也是我的大腦的一部分，但那並不意謂它就不是真的。

「就在沿著這條路下去的地方，」奧黛麗說，我們遇到一個叉路口，沿著其中一條，通往森林更暗的深處。

我喜歡奧黛麗，也信任她，所以我繼續跟著她走下去。媽媽說在我還是小小孩的時候，有時候我會太容易相信人、太敏感，因此在交友上會遇到麻煩。我有時不能判斷人們是否有惡意，我以為只要別人說我們是朋友，那些惡意都應該接受。

但我知道奧黛麗不是那種人。我想到她說的關於鯊魚的看法，一陣痛楚襲來，我強壓了下去。

「妳覺得杜松村怎麼樣？」我們一邊跋涉時我問她。

「很不錯，」她想了一會兒後說。「這裡好安靜。以前在倫敦，晚上總是有聲音——車聲、警鈴聲、晚歸的人回家的聲音。這裡什麼都沒有。」

「穆先生有時會在夜裡喝醉，然後在我們家的街角唱歌。」我提起這件事，想維護杜松村。我不希望奧黛麗太想念倫敦，免得她爸媽把她帶回去。

「我有時會想念以前的朋友們。」

我瞄了她一眼，想著有很多朋友該是什麼樣的感覺。我一次好像只能應付一個。

「妳的名字是出自一位電影明星嗎？」我問她。

妮娜臥室的牆上掛滿了好萊塢老明星的裱框海報，其中一張上面是穿著白洋裝的金髮紅唇女郎，另一張的人有深色眼睛和不自然的長睫毛。

但她最喜歡的一個就叫奧黛麗，她穿著黑色洋裝，戴著太陽眼鏡。

「不是，我的名字是來自一棵食人植物。」奧黛麗回答。

我愣住了，停下腳步。「一棵什麼？」

「是從一部電影出來的，」她愉快的解釋。「一部我爸很愛的八零年代老電影。」

「裡面有一棵名叫奧黛麗的吃人植物？」

「沒錯。我爸跟我哥組成了一個電影社，每週五晚上聚會，後來我也加入了。

都是看些黑白電影，或瘋瘋癲癲的音樂劇。」

她的笑容哽住了一瞬間，接著補充：「嗯，以前有這個社團。現在丹尼爾在牛津，所以只剩我和我爸。」

我為她感到非常難過，但不知道該說些什麼好。我絕對不希望小琪搬走。我經常會沉迷於某個主題，然後想立刻知道相關的所有知識，像是鯊魚或是女巫。我並不常想知道關於「人」的事。

但我想知道關於奧黛麗的一切。

「我們的新房子比在倫敦的大多了，」奧黛麗很興奮的主動提起，「我的臥房跟我們以前的客廳一樣大。」

「對啊，這裡的空間大多了。」

「大超多！」她熱烈的說。「不過，這裡的人，看起來都差不多。」

我懂她的意思。我在電視新聞上看到倫敦時，每個人看起來都很不一樣，就像色彩繽紛的魚群在一座巨大珊瑚礁四周穿梭。

而杜松村比較像一個金魚缸。

「丹尼爾……就是我哥，他以前會偷爬進金絲雀碼頭那裡的空中花園。那是在一堆高級公寓的樓頂。我求了他好久，他才終於帶我上去看看。」

「你們那時爬得多高？」

奧黛麗向天空高舉雙手。「比這裡所有的樹都高。」

我瞪大了眼。「沒可能。」

「當然有可能。高得多了，像吊車那麼高。」她微笑著，笑容裡夾雜悲傷。「我們可以看到整座城市——所有的摩天大樓、公寓、平房，看得到哪幾戶開了燈，還有人們坐在客廳裡的樣子，就像好多的娃娃屋。」

我仔細的看著她，「妳一定很想念丹尼爾。」

她移開目光，乾笑了兩聲。「嗯，是啊。」

「他喜歡牛津大學嗎？我覺得我姊姊不喜歡大學，她在大學裡的樣子很不一樣。」

「他喜歡，」她小聲說，「他一直都很忙，所以……」

我們在全然的沉默中走了一小段路。

「我等不及要長大，」奧黛麗終於輕聲開口。「我要去美國。去唱歌。」

我瞄了她一眼。「美國好遠。」

「一點都沒錯。」

「噢。」

「妳可以跟我一起去！我要去紐約，那裡有成千上萬的書店，妳會超喜歡的。」

「杜松村這裡就有一家書店。」我提醒她。

「是沒錯，但等我們準備出發時，妳已經讀完裡面所有的書了。」她很快的回答。「小愛，紐約比這裡好多了！沒有人會覺得妳很奇怪，他們不會對妳那麼壞。」

「我不知道，」我緊張的說。「大城市……裡面有很多聲音。很多刺激感官的東西。」

「大城市最適合搞消失，然後在妳想要的時候冒出來，」她渴望的說。「只要妳想，妳可以隱形。」

我向她微笑，她沒抓到重點。我就是個隱形人，真實的小愛，藏在一副由社會法則、規範，和奇怪的神經典型者慣例所製成的面具背後。

「我一定會去找妳玩。」我告訴她。

她笑了，我們繼續往前走。

「就是這裡！」她突然大喊。

她拉起我的手臂，我來不及制止自己，就把手猛的一抽。她好像被燙到一樣放開我的手。我尷尬又歉疚得脹紅了臉。

「對……對不起。」我囁嚅著，一邊拉扯自己的衣袖。

我盯著我的髒鞋底下的泥巴地，感覺到她注視著我。

「妳不喜歡別人碰妳，」她輕聲說，不像是個疑問，而是觀察的結論。

「我……我，」我的手開始顫抖，感覺到手心裡的火花和腦中的電流。「對不起，我的感官非常非常敏銳。有時候，觸摸、聲音、光線，都會讓我有點承受不了，尤其是在我意料之外時。」

「妳不喜歡被擁抱嗎？」

我感到罪惡，但還是無法抬起目光。「只有被小琪抱，她是唯一一個。」

「噢。」

空氣中只剩風吹動樹梢的沙沙聲。終於，我鎮定下來，能夠抬起頭看著奧黛麗。

「我們要去哪裡？」

她似乎對改變話題鬆了口氣，用下巴指了指方向，我們便跑著上了一座小山丘，拐了個彎。

那是米利安婆婆的房子。

那是棟高聳的老房子，看來破舊不堪，似乎被遺忘許久。「瀕臨崩塌的」，我的同義詞詞典可能會這麼說。前院很大，但雜草叢生，野草溼潤而碧綠。有一道坍塌的圍牆，柵門的鉸鍊已經脫落，還有一座似乎經年累月沒有人整理過的假山花園。

房子的前門看起來高聳、陰暗，似乎在威脅我們。

「很陰森吧？」奧黛麗低聲說著，在牆後蹲下來，抬頭望著房子。

「是啊，」我同意，在她身邊也蹲了下來。「這是米利安的房子。」

奧黛麗瞪著我。「妳認識住在這裡的人？」

「不認識，」我輕輕的說。「嗯，不算認識，只是知道有這個人。」

「她本人也跟這房子一樣陰森嗎？」她難以置信的問。

「不會。她只是……不一樣。」

「怎麼不一樣？」

我永遠無法向其他人解釋哪裡不一樣，那只是種感覺。「就是不一樣。」

奧黛麗在房子前面偷看著。「妳覺得我敢不敢到窗戶那邊去？」

「為什麼要去那裡？」

她露齒而笑，「因為很好玩。」

沒等我警告她，她已經翻過了圍牆，小心而緩慢的躡足接近房子右方的大窗戶。

那幾扇窗戶因髒汙而顯得陰暗，很難看得到裡面。

「奧黛麗，」我悄聲說，「我覺得我們該走了。」

「我只是想看一下窗戶裡面，」她也悄聲回答。

「我們這是非法侵入。」

她站起身來向窗戶裡面窺視，然後小小尖叫了一聲，又蹦跳著跑回我身邊躲在牆後，上氣不接下氣。

我馬上知道為什麼了。

前門打開，米利安婆婆出現在門口，滿臉不耐而困惑。

「我有什麼可以幫上妳們這些歹徒的嗎？」她朝我們咆哮著。

「抱歉，」奧黛麗裝得很有禮貌，但仍努力憋笑。「我只是很喜歡妳陰森的房子。」

米利安翻了個白眼。「妳不知道在別人的土地上亂跑很沒禮貌嗎？」

我忽然發現她腋下夾了一樣東西，一樣又大又扎實的東西。她發現我看著她，循著我的目光看回去。

「這是阿尼，」她坦率地說。「牠是一隻陸龜。」

她把阿尼放下來，牠在前院地上盯著我們瞧。

「妳，」米利安指著我，「妳就是那個想做紀念碑的。」

「是。」我小聲承認。

「我們要為此募款，」奧黛麗驕傲的說。「我爸爸要給我們整整五英鎊。」

「妳會需要比那多很多，」米利安嗤之以鼻。「而且即使妳們錢夠了，那些人也不會允許的。」

我的好奇心和倔強忽然越過了緊張和害怕。我向她接近了一步，然後問道：「為什麼？」

她直直的盯著我，臉上的表情軟化了一些。「因為這不是值得驕傲的過去，既不光彩，也不美好。杜松村這裡的人，喜歡美好的東西。對他們來說，美好比善良更重要。」

「美好跟善良是一樣的東西，」奧黛麗說，困惑的皺眉。「不是嗎？」米利安逼視著我，而不是奧黛麗，並微微挑起一邊的眉毛。「妳怎麼說？」

我知道事實。「它們不一樣。」

「對，」她平靜的同意。「而在這裡，美好遠比善良重要。一座會讓人們想起村民們幾百年前做的惡行的紀念碑，一點也不美好。」

我從來沒真正懂過什麼是美好。我想這就是戴面具的目的——看起來美好。

我嚥了口口水。「我不會放棄的。」

「妳應該放棄，不會成功的。妳越嘗試，只是讓自己越受傷。」

我低下頭看著阿尼，牠沒有動靜，我無法解讀。

「每個人都說我做不到，」我聽到自己說著。「有個醫生說我不可能學會講話，更不可能跟普通小孩一樣去上學。而現在，每個人都說我做不成這件事。」

我抬高了下巴，揚起聲調。「我受夠人們告訴我『妳做不到』了。」

「小愛！」奧黛麗不可置信的噓聲說。米利安的表情沒有變化，她和我繼續在無言中互相瞪視了一陣子，直到我內心的翻攪平息下來，垮下肩膀。

「我不知道怎麼改變他們的心意。」我平靜的告訴她。

「他們不會改變心意的，」她直言不諱。她彎下腰，把阿尼抱起來，轉身進屋。在她關上門前，她看了我最後一眼。「相信我，我知道。」

門喀噠一聲關上了。

我轉身朝森林中的主要道路走去，奧黛麗快步的追上來。

「她完完全全跟那棟房子一樣恐怖欸，」她咯咯笑著。「嘿，小愛，妳認為她是女巫嗎？」

「什麼？」

「妳知道的呀，森林裡詭異的大房子，長長的灰頭髮，穿黑衣服。說不定她是個女巫！」

「她不是女巫，」我輕柔的說。「我想她跟我是一樣的。」

14

奧黛麗和我正在學校的圖書館裡。

「這是字典嗎？」

「不是，這是一本同義詞詞典。」我打開我的隨身版同義詞詞典給奧黛麗看，並翻到內封。小琪用她最漂亮的字在那頁寫上我的名字，並畫了一個大愛心框起來，雖然字還是有點不整齊，但我喜歡。那一頁色彩繽紛又明亮，我每每看到，總是會微笑。

奧黛麗也微笑了。

「妳最喜歡的詞是什麼？」我熱切的問她。

她咧嘴而笑。「呃……天書。」

我驚奇的哈哈大笑，然後試著在詞典裡翻查。「太棒了，妳找到一個詞典裡沒有的詞了。」

她也哈哈的笑了。我們試著查我們所想得到最長、最荒謬的詞，直到她覺得無聊。我現在比較會察言觀色了，看得出對方何時不再想做某件事、談某個話題。

眼。

我們離開圖書館往莫菲老師的辦公室時，我看到珍娜。她在外套架旁等待，低頭盯著自己的鞋子。我不準備理她，但她捉住了我的手肘。

「我不會再跟妳到廁所裡面被艾米莉欺負了。」我堅定的說，她接著翻了個白眼。

「沒關係，我們在這講。」珍娜一直瞪著奧黛麗直到她離開。應對這種一般人之間的無聲交流，每每都令我很疲憊。

「妳為什麼跟我絕交？」我在她開口之前直截了當的問。

她不太敢正眼看著我，囁嚅的回答：「我只是很喜歡艾米莉，而她說我不能同時跟妳們兩個人當朋友。」

「所以她說什麼妳就做什麼？」

「她家有好多很酷的東西，」她嘀咕著，「還會借給我，而且我們對同樣的事情感興趣。我不喜歡鯊魚或書，還有妳喜歡的那些東西。」

「我不喜歡髮夾和指甲油，但我和妳是朋友，所以我根本不在乎。」

她還是低著頭。我覺得沒什麼好再跟她說的了，於是轉身進了教室。

今天快放學前，我們有一小段可以安靜閱讀的時間，所以我拿出那本關於海豚的書開始閱讀。海豚是哺乳類，和人類一樣，而且是群居動物。這本書裡沒有任何內容能點亮我的大腦，每張照片裡的海豚看起來都趾高氣昂，更重要的是，牠們看起來好像都差不多。我喜歡鯊魚的原因之一，就是牠們每一隻都徹底的不同，非常獨特。

我換到了關於獵巫的那本書。當我讀到女性只因為使用草藥就被指控使用巫術時，受害者的臉龐便清晰的浮現在我腦海裡。她們又困惑又憤怒又沮喪。我能想像到她們在滔滔不絕的指控者面前試著證明清白，只不過連自己聽起來都覺得白費口舌。我能聞到草藥的氣味和草的溼氣。在那個還沒有電力的時代，火堆裡的火種在熊熊燃燒。

我能看到梅姬望著眼前嘲笑、吼叫的群眾，她知道他們明白這一切都是謊言，也知道此時說什麼都是枉然。我能聽到她淺而急促、如倒數般的呼吸聲，仍在試圖說服任何一個願意傾聽的人，說著：「不，他們是錯的，我跟你們是一樣的，跟你們一樣都是人類。」

唉，梅姬，我敢說當時妳肯定希望自己真是個女巫。我敢說當他們指控妳使用超自然力量時，妳曾經祈禱自己真有能力詛咒他們所有人，祈禱過他們的謊言得以成真。

現在我的雙手躁動不安、需要自我刺激時，我都會想像它們是超能力，而那躁動的感受是蠢蠢欲動、想噴湧而出的火花。我想像自己啪的張開手掌就會射出一道魔法，足以讓那些嘲笑、輕視的人，見識到他們此生都無法接觸的力量。

我在掌心寫下梅姬的名字。我喜歡麥克筆按進掌心的感覺。

小琪在校門口等著接我回家，看到她時我開心的大叫出聲。

「奧黛麗，這是我姊姊，」我興奮的介紹。

奧黛麗跟小琪握了手，打量著她花俏的衣服和長髮。「可是……我以為妳說過，她跟妳一樣？」

小琪來回望著我們倆。「喔，沒有，小愛人比我好多了。」

「小琪確實跟我一樣有自閉特質。」我解釋。

「可是，」奧黛麗看來很緊張，「她──妳看起來不像有自閉特質耶。」

「我知道，我們跟一般人看起來一模一樣。」小琪打趣的說，讓奧黛麗有點尷尬的笑了。

「小琪？妳是凱琪．達羅嗎？是妳嗎？」

我們一起朝校門旁其中一個媽媽望過去。她一直注視著小琪，大步的走過來，嘴角上揚，眼裡卻沒有笑意。

「哇，妳最近怎麼樣啊，小琪？」

「很好，」小琪僵硬的說，「妳好嗎，鄧肯媽媽？」

「嗯，很好呀。鄧肯也很好。」

「很好。」

「我的天，妳現在看起來好多了。」

小琪不自在的四處張望。「我沒生過病吧？」

「噢，不是，我是說……哈哈，妳知道的。」她笑出聲來，但聽起來既不自然又空洞。「妳看起來痊癒了！」

我嘆了口氣。小琪常被這樣說，只要她把面具戴得非常好，通過了那些無形的測試，就會被問是不是已經痊癒了。

「不會痊癒，」我告訴這個媽媽，「我們也不需要痊癒。」

「小愛，沒關係，」小琪很快的說。「走吧。很高興再見到妳，鄧肯媽媽。」

小琪帶著我們離開。我回頭看了一眼，發現那媽媽也看著我們，臉上的假笑已經消失無蹤。

我打開掌心讀著梅姬的名字，手上的字已經有點褪色了。

天氣很冷，等會一定會下雨，但奧黛麗與我還是站在向善書店外面，拿著我們空空的募款箱和傳單。小琪靠著書店的牆，在不打擾我們募款的情況之下照看著我們。

「請問可以幫村子裡新的紀念碑捐一點錢嗎？」我一邊自信的喊著，一邊搖著箱子。

「拿去！」原本斜靠在牆邊的小琪忽然起身，掏著口袋，在我們倆的箱子裡各丟進一些硬幣。「這樣別人會認為已經有人捐了。」

我們歡喜的搖晃著箱子，聽著硬幣悅耳的叮噹聲。

一部車慢下來，車窗拉下，原來是住在我們後街的羅吉先生。

「這是做什麼用的？」

「我們要為村裡一座新的紀念碑募款。」我告訴他。

「紀念什麼的紀念碑？」

「好幾個世紀以前，」奧黛麗激動的說，「杜松村指控許多女性使用巫術，並處決了她們！」

駕駛座上的羅吉先生滿臉吃驚的往後一縮，「嗯，這有點黑暗。」

「那確實是一段黑暗的時期，羅吉先生！」我對著他拉下的車窗搖動箱子。「所以我們需要你的支持！」

「是經濟上的支持！」小琪在牆邊喊著。

他看起來有點勉強，但最終還是伸手進置物盒裡翻找，在我的箱子裡丟了五英鎊。

「謝謝！」我驚呼。「羅吉先生，真的非常謝謝你。」

他緊張的笑了一下，車就開走了。

「整整五英鎊！」我向小琪大喊，於是她朝我揮揮手。

「這裡的錢看起來有點不一樣。」奧黛麗仔細檢查起那張五英鎊鈔票。

「這是一張蘇格蘭發行的五英鎊鈔票！」

「這更值錢嗎？」

我想了一下，「對！」

「喔。那我們還差多少錢？」

「不會差太多，」我斬釘截鐵的說，「一塊紀念碑不可能需要超過二十英鎊。」

「對呀。」

我們又在書店外站了一個小時，直到終於下起滂沱大雨。當雨水澆在我們身上時，已經總共募得了十四英鎊又五便士。

「小愛，來，」小琪摟住我們兩人，「該送奧黛麗回家了。」

我望著書店。「我可以在書店裡等嗎？」

小琪有些猶豫。「那妳不要離開，知道嗎？我送奧黛麗回家就回來接妳，所以千萬不要離開。」

「好！」

我向奧黛麗揮揮手後便衝進書店裡，像一隻狗一樣拚命甩掉頭上的雨滴。

「別把書弄溼囉，小愛！」克麗歐在櫃檯後面笑著說。

我想她是在開玩笑，於是試著微笑，果然有用。

「募款進行得怎麼樣了？」她親切的問。

「很好。我們募到快十五英鎊了！」

她和藹的笑著，朝我點點頭。

「我在等我姊姊，」我指向後方的童書區，「我可以去看看嗎？」

「當然可以。」

我經過旅遊書區、成人書區和雜誌區，來到小小的童書區。我好喜歡那裡的五彩繽紛，挑了一本知識百科後，在懶骨頭上坐下來開始閱讀。

我讀著讀著準備翻頁時，忽然聽到店門上的鈴鐺響起，門開了。

我抬頭查看是不是小琪來了，卻發現是艾米莉，於是肚子忽然一陣翻攪。她身邊的人應該是她爸爸，我還依稀記得去年的家長會上有見過一面，當時他一直在講電話。

他們沒發覺我也在這。

「媽媽說了哪幾本書？」艾米莉的爸爸嚴厲的問。

艾米莉看起來很溫順，很不一樣。她從包包裡掏出一小張清單遞給克麗歐，目光低垂。

「我可以幫妳訂這些書，沒問題。」克麗歐親切的說。「但……這些書的適讀年齡對妳來說有點太小了，小朋友。我們店裡有一些很棒的書更適合妳喔。」

「她閱讀能力不太好，」艾米莉的爸爸直截了當的說，「跟不上同齡的孩子，所以需要簡單一點的書。」

我摒住呼吸。艾米莉看起來很難過，也不敢正眼看著克麗歐。

「有聲書也許能幫助妳閱讀，」克麗歐對艾米莉說，不理會她爸爸，「妳可以在車上或睡前聽，說不定還可以一起跟著讀？」

「我們訂清單上的那些書就好，謝謝。」艾米莉的爸爸很快打斷克麗歐。

「嗯，那我把這張清單輸入系統，等的時候你可以在店裡逛逛。」克麗歐開朗的說。「小愛，也許妳可以帶她看一些不錯的書？」

我皺了一下眉。艾米莉猛的抬起頭來，眼光死死盯住我。我以為她接下來會生氣、嗤笑，或是大發飆。

但她反倒看起來很害怕。不只是害怕，簡直是被嚇傻了。

我還沒來得及說任何話，她便已經轉身逃出店外，店門在她身後轟的關上，門上的鈴鐺響得刺耳而憤怒。她爸爸和克麗歐則一臉震驚。

「給我在週末之前把那些書準備好！」艾米莉的爸爸在離開書店追她前，勉強擠出這句咆哮。

克麗歐和我震驚得不發一語。我小心翼翼的把手上的書放回架上，緩緩的移動到櫃檯旁。

「剛剛發生了什麼事？」克麗歐撥開臉上的粉紅色頭髮，開始把艾米莉清單上的書名輸入一臺老舊的電腦裡。

「她跟我同班啦。」

克麗歐小心的觀察著我。「但妳們不是朋友？」

「呃……」我選擇盯著書本，不去看克麗歐，畢竟這時進行眼神交流太刺激了，我不能負荷。「不算是。」

「所以她也沒有幫忙妳的紀念碑募款囉？」克麗歐帶著微笑說。

我不能判斷她是不是覺得這主意很蠢。「沒有，現在只有我跟奧黛麗而已。」

「奧黛麗就是那個倫敦女孩嗎？」

「對。」

「嗯，有些顧客拿了妳放在我這的傳單，」克麗歐歡快的說，「話說我覺得這個主意很了不起喔！」

店門口的鈴鐺響起，小琪出現了，渾身溼透。我看得出來她已經精疲力盡，被天氣折騰到很想回家。

「回家的路不好走喔，小愛，」她悶悶的說，「外面暗漠漠。」

「暗漠漠」這個詞很遺憾的是方言，沒在我的同義詞詞典裡面，意思是「黑漆漆」。

走回家的途中，小琪拿起她的小背包擋在我頭頂，當作臨時的替代雨傘。

「妳上次在村民大會的表現讓我覺得很驕傲。」她終於開口。

「真的嗎？」

「真的呀，我知道妳當時一直戴著面具一定很不容易。」

小琪果然懂。

「但我好像沒辦法讓委員們聽我解釋，」我心虛的承認，想起了米利安婆婆說過的話，「我不知道怎麼樣才能讓他們改變主意，小琪。」

我們一邊走著，她一邊對此思考了一會兒。「這件事的歷史事實是什麼？」

我想了一下。「杜松村在很多年以前，用不公正的手段處決了很多女性。」

「那這件事現在為什麼很重要？事情已經過去很久了，現在的人為什麼應該在乎？」

我知道她問這些問題的目的是讓我更努力的思考，但我不喜歡。人們應該做對的事，因為那就是恰當的事，這對我來說再合理不過了。

「這之所以重要是因為人們如果做錯了，就應該道歉跟彌補。」

「但是，」小琪聳聳肩，皺起鼻子，「誰會在乎幾百年前的事情呢？」

「時間不是重點，」我正色的說，「事實上，講到時間就更糟糕了，竟然拖了這麼久都沒有正視過。」

「既然相關的人都死了，為什麼這件事還很重要呢？」

「因為它就是很重要！」我生氣的反駁。「因為它讓我很害怕，小琪。如果他們看不到這樣是錯的，不承認這是錯的，事情就有可能再次發生。它可能發生在妳身上，也可能發生在我身上，還早就已經發生在邦妮身上了！」

「小愛。」

「不要打斷我！」我感到那股糟糕的恐慌感逐漸蔓延到全身，感覺到脖子後面的熱度和耳中鼓動的脈搏聲。「不要告訴我邦妮的遭遇不一樣，它們就是一樣的。」

「我知道是一樣的。」她溫和的說，把我拉進懷裡。

我瑟瑟發抖，卻不是因為淋雨的緣故。

「小愛，」小琪輕聲的說，聲音只比雨聲大一點點，「人們不想聽事實，只有要鋪屋頂的瓦片還有聽天氣預報時才會實事求是。他們想聽的是故事，妳要告訴他們整篇故事。」

我的氣息重重的呼在她的外套上，感覺到臉上有些溼潤。「他們為什麼就這麼不在乎呢？」

她很快的緊摟了我一下。「我懂，小妹。我懂。」

我抬起頭望著她。「是說妳怎麼了？」

「妳知道我怎麼了。我們是一樣的。」

「不，」我不想讓她開玩笑的蒙混過去，「妳有什麼地方不對勁，我看得出來。」

「小愛，這天氣有夠糟，我們趕快回家吧。」

我在溼透的人行道上站著不動，頂著雨，抬頭朝她眨眨眼。「妳以前什麼都會跟我說的。」

「大人不能什麼都跟小孩說，小愛。」她簡短的回應，「我們就是沒辦法什麼都講，可以嗎？」

「但妳不是大人，妳是小琪。」

她苦笑。「好吧，是的。」

「為什麼妳不能告訴我？」

「小愛，」她的語氣難得聽起來像妮娜一樣，「我們回家了，可以嗎？」

她獨自往前走，等著我跟上。雨水沿著她身上沖刷而下，讓她看起來孤獨極了。

於是我小跑步跟了上去。

15

小琪走回家的神情看起來很累。今天在學校時我還在想著這件事，想著她眼眶下的黑眼圈，思索著她為何沒以往那麼健談。

今天因為下雨我們可以提早進教室，所以我在椅子旁把書放下，然後去了廁所。我用水沖了把臉，仔細端詳著鏡中的自己。我不常觀察自己的長相，但今天卻嘗試在臉上找到小琪的影子。我把頭髮放下來，拉到臉頰旁，好讓頭髮看起來比較長。我知道自己長得跟妮娜不像。妮娜跟小琪雖然是雙胞胎，但不是同卵雙胞胎。小琪的臉比較圓、比較柔和，妮娜的臉則是「稜角分明」，這是媽媽對她的形容詞。

我真想知道梅姬長什麼樣子，是什麼樣的臉型？那些人們所謂的女巫，實際上又都長什麼樣子？

我洗了洗手，仔細感受著冰冷的水流過溫熱的皮膚。我接著把手甩乾，享受著那種感覺，然後轉身回教室。我覺得有點受到過度刺激，但還在能壓抑的範圍內。然而進到教室時，我便發現有些事情不太對勁。

莫菲老師還沒來，但幾乎所有人都在教室後面擠成一團。我尋找奧黛麗的蹤跡，看到她在窗戶旁用雙手捂著臉。我好困惑，弄不清究竟發生了什麼事。

「她來了！」有人悄聲說。

人群讓開後，露出了中間的艾米莉，她正可怖的笑著。「惡毒的」，同義詞詞典中的這個詞從我腦海中蹦了出來。她朝我丟了樣東西。那東西打到我的肩膀後好像就快解體了，我低下頭看。

是我的同義詞詞典。

它被剪爛了。我跪倒在地，顫抖的手撫過被撕碎的書頁，連書背也已經完全散了。

「我的……我的……」

我的聲音聽起來根本不像自己的，就好像是從很遠的地方傳來。

我翻開自己的小詞典，看見有人用又難看、顏色又深的黑筆，在小琪幫我畫的圖案上寫了一個詞。看到後，我的內在有什麼突然斷裂了。感覺有水滴到書頁和那個駭人的字上時，我才發現原來自己在哭。

書上寫著「智障」。

「我的書。」我的聲音已然嘶啞。

有人玷汙了我的書，把醜陋、殘酷和不公深深的刻進了我的歡愉中。

我幾乎無法呼吸，抬頭看著每個人。珍娜盯著地板，艾米莉迫不及待的想看我的反應，而奧黛麗看起來非常尷尬，其他人則是既好奇又不自在。

我可以讀懂他們每個人，他們這時全都是透明的。

「你們怎麼可以這樣？」我聽到自己刺耳的聲音。

「我有試著制止她，」奧黛麗囁嚅著，「但沒來得及。」

我抬頭望著艾米莉。「為什麼？」

她張大鼻孔，目光如炬的朝下瞪著我。「因為我受夠妳那本蠢書，受夠妳所有的書了。」

「為什麼？」我厲聲尖叫。

她似乎有一瞬間被嚇呆了。「因為！妳也沒比我好！智障！」

她惡毒的吐出這個詞。我看著班上的其他同學，其中大部分的人，從四歲起就跟我讀同一班了。

「你們竟然都只是站著看！」我聲嘶力竭的吼。「你們竟然站在那裡什麼都不做！」

即便其中有人露出羞愧之色，如今我也看不見。我的視線模糊，脈搏聲在耳朵裡砰砰作響。

「妳討厭小愛只是因為她比妳聰明太多了，」奥黛麗顫聲對艾米莉說，「所以妳接受不了。」

「放屁，」艾米莉低吼，「她只是仗著那些蠢書跟她的蠢病才自以為聰明。別以為妳有病就可以享有特權。」

我踉蹌的爬起身來，身體感覺好像漂離地表好幾呎。我模模糊糊的聽到奧黛麗憤怒的糾正艾米莉，告訴她我沒有病，但聽起來卻像是回聲。珍娜的沉默反倒更響亮，其他人的沉默也都無比響亮。

我低下頭瞪著我的書，瞪著那個詞。

我感覺意識開始漂離，不再像小琪所說的，是一棵穩固的樹。我什麼都不是，只看得見那本書支離破碎的可憐書背，還有那個詞。奧黛麗在我身旁，試著把所有碎片收集起來。

「小琪會給妳另外一本，」她說著，聲音卻好像來自水底，「沒事的！」

我不相信她。艾米莉隨後說了什麼關於小琪的話，我甚至都沒聽清楚，只知道自己騰空而起，朝艾米莉飛撲過去，不偏不倚將她撲倒在地，就像多年前對保姆柯雷葛太太那樣。我聽到吼聲、尖叫聲，以及人們在四處快速奔走，我的拳頭如暴雨般落在艾米莉身上，朦朧的意識到她在我身下尖叫。接著我聽到門砰的打開，有人緊緊扣住我的手臂，把我拖走。大人急促的交談著，而我感覺心神像一陣電流般急射出去。

「小愛！」

原來是艾勒森先生把我從艾米莉身邊拖走了。她在牆角嚎啕大哭，一位老師就在她身旁。他們一定是聽到了尖叫聲趕來。艾勒森先生擔憂的臉出現在我面前，試著想辦法把我的心神拉回教室裡。

一隻肩章鯊可以為了求生關閉自己所有的器官，而我覺得這就是現在發生在自己身上的事，身體在教室裡受到了過度刺激、被過度使用，但心神卻並不在這，它飄走了。

當我回過神時，莫菲老師已經來了，正在聽艾米莉哭訴著。

「她剛剛攻擊我，」艾米莉一把鼻涕一把眼淚，「完全沒有理由。」

「騙人！」奧黛麗罵道。

「妳安靜。」莫菲老師罵了回去，「如果我想聽妳說，自然會問妳。」

艾勒森先生蹲在我身邊，看上去憂心忡忡，令我好羞愧。我真的好羞愧，知道自己不可以打人。我當時覺得控制不住自己，而且現在也依然這樣感覺，不過還是很清楚打人是不對的。

「妳，」莫菲老師站到我身旁，她從未令人如此恐懼，「給我站起來。」

我搖搖晃晃的站起身後，她一把抓住我的手臂，強硬的把我帶到教室的一個安靜角落，再一把將我按到椅子上。

「到今天放學為止，妳都給我自己一個人坐在這裡，然後我會叫妳的家長來。」

我根本懶得告訴她爸爸今晚在超市值打烊班，而媽媽值大夜班。我聽到艾勒森先生低聲抗議，但莫菲老師嚴厲的說了些什麼，接著請他離開。

於是艾勒森先生離開了。

我背對全班坐著，感覺到有人的目光不時的飄向我，但我不在乎。我被審判了，還被判有罪，現在根本沒有贏的可能。莫菲老師永遠不會明白那個字有多傷人，我甚至覺得艾米莉自己也不可能明白。

那些網路酸民的評論猛然浮現在我腦海中，上百個陌生人七嘴八舌的罵著最難聽的字眼，讓我信以為真。我想在教室的角落裡躺下來，感覺腦袋需要關機一下再重新開機。

但我只是一直等。

對不起。對不起。對不起。對不起。

16

我坐在一間陰暗的小辦公室裡，莫菲老師就坐在對面。我們在等妮娜，她接到學校打去家裡的電話，告訴她發生了什麼事，問她能否來學校討論一下。我能聽到牆上時鐘的滴答聲，和隔壁傳來其他老師頻繁的咳嗽聲。

「妳這小孩壞透了。」

莫菲老師的聲音平靜而致命。我抬起頭，她正惡狠狠的瞪著我，不再偽裝她的表情。我全都看到了，將她滿腔恨意的顏色收進眼底。

「我知道妳又懶又沒規矩，還像頭禽獸一樣攻擊艾米莉。但我萬萬沒想到……」

「我不懶。」我吸了一口氣。

「哈，妳當然懶。我知道妳在數學課上作弊，抄別人的答案。」

我先是困惑了一下，然後才突然想起我的運算和解題的方式。「我沒有抄別人的答案。」

「不准說謊。」她罵道。「妳姊姊來了以後，我們自然會討論這件事。」

我閉上嘴。

「這些問題跟妳那失職的父母也有關，」她接著說，「老是不在妳身邊好好管教妳。」

我抬起目光，她的話點燃了我內心的怒火。「他們只是忙著工作。」

「他們以為在妳身上隨便貼張標籤，就可以變成妳一切惡劣行為的藉口。妳猜怎麼樣？行不通的。在妳姊姊小琪身上就行不通了。」

我被一陣憤怒刺痛，但把它強壓了下去。

「她讓我過得生不如死，」莫菲老師低聲說，「在其他老師面前都很乖，遇到我就跟一隻惡魔沒兩樣。妳也是。」

我的臉瞬間漲紅。我從來都沒想過要像一隻惡魔一樣搗蛋，但轉念一想，疑問便湧上心頭，也許我有呢？也許我的確在不自覺間，讓莫菲老師覺得很難受？

我把這想法從腦袋裡甩開，覺得自己好像梅姬，不斷被外界說成是某樣東西。即使自己知道這不是真的，但如果莫菲老師繼續說下去，我可能會開始相信她的說詞。

「妳們兩個都不應該在這所學校裡就讀，這根本不對。」莫菲老師繼續說，聽上去很絕望。「我有其他三十三個小孩要教，而妳，為了芝麻綠豆大的小事就鬧脾氣。這對我不公平，對其他學生也不公平。我已經教書三十年了！每一年的學生都比去年多，每一年他們都丟更多像妳這樣的問題學生給我，還不給任何後援。」

「我那是情緒崩潰，不是鬧脾氣！」我啞著嗓抗議。

「安靜！」

她的氣息噴到我臉上，我撇開臉，心臟劇烈跳動著，頭也脹痛不已。我知道打艾米莉不對，動手的當下就知道了，但我不覺得自己沒規矩。我努力的生活，努力試著讓每個人都感覺自在，讓他們知道我是正常人，也可以表現得跟他們一樣。而像今天這樣壓抑失敗時，我總會討厭自己，比世界上任何人都還要厭惡自己。

我在心裡默默懇求妮娜快點來，因為我不知道該對莫菲老師說什麼，才能讓狀況可以不要這麼糟。我不知道該怎麼告訴她我並不壞，或是至少解釋我不是故意要當壞小孩，還有我有多麼努力想當個乖孩子。

「那個可憐的小女孩，」莫菲老師嘆氣道，「她的傷口會維持幾天，但那些疤會跟著她一輩子。」

她說的女孩是艾米莉。我很想告訴她我很抱歉，也想告訴艾米莉我很抱歉，但我想即使她們知道我是真心的，她們也不會相信。

我聽到外面有動靜，全身忽然間放鬆了下來。門開了，妮娜出現在門口。從她臉上的妝看來，學校打電話給她時，她應該正拍片拍到一半。罪惡感瞬間自心底湧上，但更令我驚訝的是，小琪也在她身後出現了。我聽到莫菲老師猛然倒抽一口氣。

妮娜一臉擔憂的看著我，很快的把椅子搬到我身旁。「我們盡快趕來了，您是……？」

「莫菲老師。」

「莫菲老師您好。」

莫菲老師教過小琪，但沒教過妮娜，她們被分到不同的班級。老師顯然非常不樂意小琪來了，這連我都看得出來，她帶著對我一樣的憤怒瞪著小琪。我抬頭看向小琪，她不肯坐下，雙手交叉抱在胸前，也瞪著莫菲老師。我知道長時間的眼神接觸對小琪而言有多不舒服，就像對我一樣，所以看到這一幕讓我非常吃驚。

「妳妹妹，」莫菲老師把眼神從小琪轉移到妮娜身上，「有可能會被勒令停學。」

妮娜驚慌的望了我一眼。「請問……我不知道……我可以問為什麼嗎？」

「當然可以。」莫菲老師在她的旋轉椅上坐直。「她對另一名學生進行肢體攻擊。她毫無來由的撲向艾米莉，然後暴打她一頓。我不允許任何危險發生在我的教室，勒令停學是我能給艾米莉的父母最起碼的交代，保證這種事不會再發生。不然我比較傾向讓她退學。」

「小愛絕對不會毫無理由的攻擊一個人。」小琪平靜但犀利的說，「絕對，不會。」

「她的意思是，家裡有嚴格教導過小愛絕對不可以打人。」妮娜匆忙補充。「她說得沒錯，小愛從來沒打過任何人。她知道不可以。」她看著我，「妳知道的。」

「我知道，」我沙啞的回答。「對不起，妮娜。」

「有這次例子就夠了，」莫菲老師繼續說，「而且我從她的態度看不出她有任何真誠的悔意——」

「小愛，發生了什麼事？」小琪在我身旁睜大了眼，溫柔的問，「出了什麼問題？」

「沒有什麼問題，是妳妹妹有問題。」莫菲老師罵道。「我從帶她的第一天就困難重重。她不應該在我的班上，也不應該在這所學校裡。她顯然需要一個熟於應付她這種問題小孩的人。她根本不適合普通學校。」

小琪的目光移回莫菲老師身上。她的表情令我畏懼，我從來沒見過她這種怒火中燒的神情。「我好像還記得，妳也會造謠說我犯錯。」她對莫菲老師說道，聲音冷若冰霜。

「小琪，妳不要給我搞這一齣……」妮娜說，但她也轉向我。「發生了什麼事，小愛？妳必須告訴我們。」

「我……」我看到莫菲老師粗重的呼吸，惡狠狠的瞪著我。「我那時候很生氣。」

我想告訴她們一切，但文字就是不出現在腦中。它們被揉成一團，堆在教室地板上，就像我之前寫的故事一樣。我無法表達自己的感受，無法說出想說的話。那些東西彷彿觸手可及，但我就是無能為力。

「關於校園霸凌，我們是零容忍政策。」莫菲老師嚴厲的說道。

「喔，是嗎？那萬一霸凌者是老師呢？」

「小琪！」妮娜斥責了她的雙胞胎姊妹，但看起來並不生氣，而是很害怕。

「住嘴。」

小琪沒理會她，站得直挺挺，臉上帶著一抹淺笑。「老師，妳看起來……滿緊張的，簡直嚇壞了。怎麼回事？我現在的個頭太大了嗎？」

我瞄了莫菲老師一眼，這是真的。小琪靠近她時，她神色有些閃爍，看起來不像之前那樣自信滿滿。

「我猜現在沒那麼容易霸凌我了，對嗎？我已經不是好攻擊的目標了。但妳運氣好，正好碰上我妹妹。她年紀還太小，不知道妳是一個可恥、無知、歧視弱勢的孬種！」

「小琪！」

妮娜喊叫出聲。我嚇傻了，無法想像跟老師這樣講話。我抬頭望著小琪，不知道她是中了什麼邪。

「讓我猜猜看，」她繼續說著，仍然無視妮娜的警告。「妳肯定認定小愛抄了別人的作業，對吧？因為一個自閉症小女孩，不可能全靠自己完成任何複雜的運算。只是妳自己清清楚楚、明明白白——她辦得到，但就是死也接受不了，接受不了自己沒辦法教她任何東西，因為所有該學的東西她都已經自學了！」

「妳跟我印象中一模一樣，壞透了。」莫菲老師嘶啞的說，用了同一個形容我的詞形容小琪。「還是一點禮貌都沒有。」

「妳說對了，我對妳完全沒有一丁點尊敬。」小琪說。「我也知道即便小愛今天做錯了什麼，妳才是那個從第一天起就做錯的人，因為我了解妳，老師。我對妳的印象鮮明得很，而且我現在比十一歲時懂得更多，知道妳根本不應該靠近任何小孩，更何況是自閉的小孩。」

莫菲老師此時氣急敗壞，她看著妮娜，希望得到支持，但妮娜不知該說些什麼好。小琪在我的椅子旁蹲下來，擔憂取代了她的憤怒。

「小愛，」小琪鎮定的說，「發生了什麼事？」

我還沒來得及回答，便聽到有人敲了一聲門。莫菲老師知道有人可能來幫她了，臉上露出一線希望。「進來！」

艾勒森先生進入這個已經很擁擠的房間，奧黛麗跟在他身後。我注意到她手上還抓著我同義詞詞典的殘骸。

看到它，我的心又碎了一次。

「艾勒森先生，怎麼了嗎？」莫菲老師問，臉上的希望這時似乎漸漸消退。

「我想過來提供一下我對這整件事的看法。」艾勒森先生說，向我的姊姊們點點頭。「事件快結束時我在現場。」

「而我看到了整件事。」奧黛麗堅定的說。

「小愛是被激怒的，」艾勒森先生告訴妮娜與小琪。「她的東西遭到同學毀損，還在全班面前受到羞辱。我不是想為她傷害別人的行為找藉口，但我們都知道，這很不符合她的個性。」

「東西遭人毀損？」小琪的視線從我身上轉向艾勒森先生。

奧黛麗伸出她的雙手。

「不要！」我大叫。我不想讓小琪看到，不想讓她感受到我當時的感覺。「小琪，不要！」

小琪從奧黛麗手上接過詞典的殘骸，妮娜迅速的移到她身旁察看。她們一時間看不出這是什麼，直到妮娜倒抽了一口氣，雙手飛快的摀住嘴。

「喔，小愛，妳的同義詞詞典。」

小琪的手撫過那本支離破碎的小書時，我無法解讀她的臉，然後她翻到封面內頁。

「不。」我哀求著，聲音已經嘶啞。

我無法阻止小琪看到。妮娜也看到了那個用粗筆寫上的黑字，還微微倒抽一口氣。小琪沒有反應。

「這是不能容忍的。」艾勒森先生平靜的說。「肇事者們應該親自來這裡解釋。」

小琪轉向莫菲老師，高舉著寫有智障的書頁。「妳的故事裡漏掉了這個部分。」

老師看起來很不自在。不是羞愧，而是不自在。「這不能成為使用暴力的藉口。」

「但這解釋了一切，妳這魔鬼。」小琪大吼，妮娜抓住她的手肘將她拉回來。

「我不容許我的教室裡出現暴力。」莫菲老師斥責。

「這就是暴力，」小琪揮舞著書頁，指向那本破碎的書。「這是一種不同形式的暴力，很顯然還導致了她的情緒崩潰。」

「我很抱歉，我打了艾米莉，」我結巴著，被這些吼叫嚇到了。「我知道自己不應該這樣，但我看到書的時候心裡的某個東西就斷掉了。」

「這是真的，」奧黛麗說，「艾米莉一直說一些很糟糕的話刺激她，就在全班面前。」她的聲音顫抖了一下，「那場面很可怕。」

妮娜把同義詞詞典的碎片收集起來，全部掃進她的包包裡。「妳就讓我們坐在這裡……」她的聲音帶著前所未有的危險氣息，「妳就讓我們坐在這裡，讓我們以為我妹妹是唯一犯錯的人。妳真是噁心，我實在……」

就像我一樣，妮娜此時也不知該如何表達自己。我從未見過她這樣對一個大人說話。

「妳很可能害她被勒令停學，甚至更糟！」她繼續憤怒的高聲說道，「就是因為有妳這種充滿偏見的人！妳知道自閉的小孩沒有學校可讀有多慘嗎？」

「我建議，」艾勒森先生高聲而鎮定的說，「我們可以排定另一場家長座談，讓艾米莉也參與，再來尋求解決方式。目前大家的情緒……顯然太激動了。」

「行。」妮娜咆哮著，拉起我的手往門口走。我們離開前，她停下腳步，把外套匆匆披在我身上。「如果妳以為我不會向指導機關舉發妳對我妹妹的行為和處置，妳就是在做夢！」

17

我們三人在回家的路上一路無語。也許跟我一樣，我的姊姊們也不知道該說些什麼。

「我真的很抱歉。」我終於擠出這句話。

妮娜低下頭看著我，神情有點恍惚。「我們知道，小愛。打人是妳的不對，但我們都知道妳很抱歉。」

「換作是我，也會跟妳做一樣的事……。」小琪輕聲說著。聽到她的話，我感覺好了一點。但我發現她的呼吸沉重，說話的速度很慢，看起來彷彿快虛脫了。

「不管怎樣，」妮娜嘆氣道，「我很高興妳知道這麼做是錯的。」

「為什麼妳沒有馬上告訴我們？」小琪問。「這完全是可以理解的啊，小愛。」

「我不想跟妳提到那個字，小琪。」我輕聲說，內心感到絕望。「我不想讓它也傷害到妳。」

妮娜似乎很痛苦的閉上雙眼。小琪緊捏著我的手說，「小愛，我在姓莫的班上時就聽過那個字了，還聽過更糟的呢。妳不需要擔心我。」

但當我望向她疲憊的雙眼、龜裂的嘴唇和蒼白的臉龐時，我不由自主的擔心起來：小琪有什麼地方出了問題，而且已經持續一陣子了。我說不上來是什麼，也不知道如何幫忙，但我看得出來。

「小愛，我可以單獨跟妳說幾句話嗎？」

小琪和我都被妮娜的問題嚇了一跳。

「好啊，妮娜。」

小琪和我們暫時道別後，朝家的方向走去，妮娜與我便走向一堵老舊的牆邊，找地方坐下。妮娜看著小琪走遠，臉上帶著和我一樣的憂慮。小琪緩慢而小心的移動著，似乎舉步維艱。

我為她感到害怕。

我盯著地上，擔心妮娜又要罵我了，但她並沒有。我們在沉默中坐了好一會兒，任蘇格蘭十月的強風吹過，咆哮著往我們身上撲來。

「小愛，我很抱歉。」妮娜終於開口，聲音幾乎被風聲蓋過。「我很抱歉。」

「為什麼？」我問，完全被搞糊塗了。

「那個女人，」妮娜搖搖頭，「那個惡劣的女人，她一直都那樣對待妳嗎？」

「從我們認識開始，她就不喜歡我。我也不知道為什麼。」我承認。「我們就是沒辦法像我跟艾勒森先生那樣子相處。」

「那是因為她是個霸凌者，小愛。」妮娜堅定的說。「她是個霸凌者。艾米莉那群人之所以這樣對妳，就是因為她允許這種事發生。她自己就那麼做，所以那些同學認為她們也可以。」

我想事實確實是如此。

「我很抱歉讓妳出現在那支影片中，」她接著說。「我對這一切感到很抱歉。我不是一個好姊姊。」

「妳是啊，妮娜。」

「不，我不是。知道妳跟小琪之間有那樣密切的連結，讓我……一直都覺得不太好受。」

「但小琪跟妳是雙胞胎。」

「對，但我跟妳們兩個還是不一樣。妳們有自己的語言、有自己特殊的暗號，所以我一直有種被排擠的感覺。」

「但那就是世界上其他人時常給我們的感覺，」我試著解釋。「我們有彼此、我們有自己的暗號，是因為我們常常不明白其他人說話的方式。」

「我知道，」妮娜重申。「我知道，我也很高興妳們有彼此。只是有時候實在……不太好受。」

她抽了一下鼻子。「妳知道嗎？我只是不想讓妳跟小琪經歷同樣的事。」

「什麼意思？」

「我，」這一次，換妮娜轉開視線。「我一直沒意識到她面臨了多大的困境。我們那時在不同的班級，我遇上卜老師，她超愛小孩子。她總是鼓勵我們、講故事給我們聽、在每個學期末送我們禮物；小琪卻遇到……那個人。」

莫菲老師。

「我有好多朋友，」妮娜苦笑。「我可以決定小團體裡面的人誰比較酷，誰又不是。大家都圍繞著我轉，讓我覺得自己很重要。所以當她們說她們不敢相信小琪跟我有血緣關係，我甚至附和她們。」

我聽著，什麼話都沒說。

「媽媽讓我們一起辦了一場十四歲的生日派對，」她繼續說道，「小琪哀求她不要，但媽媽很堅持。我邀請了我所有的朋友，而小琪只邀請了邦妮。」

我模模糊糊的記得這件事。

「她們全都在取笑她們兩個，」妮娜坦承，她的聲音變得沙啞。「而我什麼都沒說。小琪任憑她們取笑，但當她們開始嘲笑邦妮，小琪變得很激動！她不在乎那些人怎麼說她，但她不讓那些人傷害邦妮。」

應該就在那之後不久，邦妮和她媽媽搬回了英格蘭，搬回北安普敦。再過幾個月，邦妮被帶走了。我想像妮娜沉默無語的坐在我們廚房桌子邊，而小琪獨自對抗著她姊妹的朋友們。我想到艾米莉撕爛我的書、寫下那個可怕的字時，在一旁默許她的那些同學們。

「然後，」妮娜開始輕聲哭泣，出神的凝視著遠方。「我一個字都沒說，從未阻止過我的那些『朋友』。但這些人現在都在哪裡？她們全都去上專科跟大學了，我卻再也沒有聽過她們任何人的消息。連一通電話也沒有，什麼都沒有。」

她的雙肩顫抖著。

「小琪她，從來沒有棄邦妮於不顧。」她驕傲又心疼的吐出這些話，「從來沒有，而且以後也不會。」

她踢開一顆石頭。

「她比我的那些朋友們都強。一直都是。」

我凝視著她。從她眼中泛出的淚光，我看得出她很難過。這一次，我終於知道該說些什麼。

「我愛妳，妮娜。妳不需要跟小琪一樣。我愛妳，因為妳就是妳。」

她開始大聲抽泣。我驚恐的跳起來，「我說錯話了！」

「沒有，沒關係。」她淚中帶笑。「對不起嚇到妳了。我也愛妳，小愛，我愛妳原本的樣子，也許不打人更好。」

我大笑。

「我可以抱一下嗎？」她問。

「很快的一下可以！」

她照做了。一個迅速，但堅定的擁抱。她上次抱我是什麼時候，我已經不記得了。

不過是什麼時候已經不重要了，因為它現在發生了。

18

妮娜和我回家的途中，我既放鬆又開心。然而我們一進到屋裡，我就察覺到有哪裡不對勁。燈是關的，樓下沒有人。我望向妮娜，她也皺著眉頭，一邊把門廳的燈打開，一邊喊著小琪的名字。

前門是開的，所以她一定在家。我走進廚房和洗衣間，都沒有她的身影。

我三步併作兩步的跑上樓梯，衝進她的臥房。

空的。

「啊，小琪！」

我聽到妮娜的聲音，於是跑下樓梯，衝進浴室。看到小琪蜷縮在角落裡，奄奄一息，我大叫出聲。

妮娜坐在她身旁，輕撫著她的頭髮。我擠進浴室，一時間充滿了恐懼和困惑。

「發生了什麼事？」

「她正在經歷『耗竭❻』。」妮娜聲音很輕。

「什麼意思？」

「當神經系統過載，她無法承受，就會像電腦當機了一樣。」妮娜解釋，仍然輕聲細語。「幾天後應該就沒事了，希望會。」

「這以前發生過嗎？」

「發生過一次。」妮娜小心的說，「妳不會記得的，我們不想讓妳擔心。」

妮娜和小琪竟然一起對我隱瞞了祕密。不知道為什麼，這讓我心裡感到微微刺痛。

「我們應該移動她嗎？」

「不用。妳只要在這裡跟我們坐一會兒就好了。」

我靠著她們。我不懂妮娜為什麼不像我一樣擔心，我從來沒見過小琪這個樣子，除了發生柯雷葛太太那件事的時候。

「她在大學過得很辛苦，」妮娜喃喃的說。「很用力的戴好面具，她只是不想讓妳擔心。」

「但我現在很擔心了。」

「我知道，」妮娜輕笑，「我們真是很棒的一家人，對吧？這麼在意彼此。」

小琪也微笑了，但還是沒有說話，也睜不開眼睛。妮娜依然撫摸著她的頭髮。

「沒關係的，小愛。」妮娜堅定的說。「她會沒事的，她只是需要休息。這次看起來比上次好多了，她只是過度勉強自己了。妳不用害怕。」

「這也會……這也會發生在我身上嗎？」

「我不知道，」妮娜誠實的答道。「我不知道，小愛。」

等到小琪能動了，我們把她扶到她的房間裡，讓她躺到床上。妮娜關了燈，播放輕柔的音樂，準備帶我一起離開房間，讓小琪一個人休息。但小琪說話了。

「小愛，留下來。」

妮娜放開我，但她看來不大樂意。「小琪，妳需要休息。」

「沒關係，妮娜。」

妮娜關上房門，我爬上床邊。

「對不起，小愛，我不想讓妳害怕。」

「我不知道這會發生在妳身上，」我脫口而出，「我……我不明白。」

「在學校我必須無時無刻戴著面具，但這對我的耗損太嚴重了，我想。」她承

❻ 自閉特質者發生耗竭（burnout）的起因，通常是長期的生活壓力，以及缺乏適當支持而導致期望和能力間產生的落差。耗竭的定義為長期持續的疲憊、功能喪失，和對刺激原的低容忍度。

認。「然後，我不該吼莫菲老師的。」

我皺起鼻子。「她活該。」

小琪微笑著。「可能是吧，但那算是讓我崩潰的最後一根稻草。」她推推我，「我們今天都崩潰了一次呢！」

「為什麼妳什麼都不說？我並不笨，我看得出來妳臉色很蒼白、很疲累。」

「嗯，妳比我聰明，小愛。我也沒料到自己會這樣。」

「妳的狀況是不是類似大腦先關機了之後重新開機？」

「對，就是那樣。」

「我今天也是這種狀況嗎？」

小琪把手伸到床底下，然後遞給我一本大開本的精裝書。海洋百科全書。我盯著它出神。「這……」

「我知道妳還是喜歡鯊魚，」她說，「就算妳假裝自己不喜歡了。但我想妳也可以學習一下關於海洋的所有知識，多多少少知道一些也不錯。我本來是要在下禮拜的村議會之後再給妳的，但我想現在妳更需要它。」

我翻開書，頁數之多讓我震驚。

「海洋裡需要各式各樣的魚，」小琪輕聲說，「就像這個世界需要各式各樣的靈魂。只有一種的話，會很無聊吧？」

我懂她想表達什麼。「我想是的。」

「今天遇到了這些狀況，」她說著，幫我翻了一頁，一片繽紛絢麗的珊瑚，有著不同顏色的魚穿梭其間。「但即使是今天，我還是不會想去改變妳，也不會去改變自己。」

「真的嗎？」

「真的。讓我崩潰的不是我的腦袋。讓我崩潰的是偽裝和隱藏。是這個不為我們所設計的世界。」

「妳不需要為了我隱藏自己，小琪。」

「但妳必須明白，」她牽起我的手，「我在妳這個年紀時，並不像現在的妳。那時我不是一棵樹，我是一片葉子。我很憤怒，很恐懼，而沒有人能告訴我為什麼我會這樣。然後，當妳出生時，我發覺我們是一樣的，或至少相似。這樣真的很好。」

她停頓了下來。

「但妳越是崇拜我，我就越難開口去跟妳說那些糟糕的、艱難的日子。」

「我很抱歉。」

「不用抱歉，沒什麼好抱歉的。」她呼出一口氣。「我只是怕嚇到妳，也不想讓妳失望。」

我試著理解。小琪在我眼中，一直都是那麼完美——她永遠知道該怎麼說、該怎麼做，什麼問題都答得出來。我不知道那背後付出多大的代價。

「我不是一棵樹，小愛。」她苦笑。「有一天風會把我颳走的。」

「不，」我倔強的說，「我不會讓風把妳颳走。」

「現在妳聽我說，」她闔上書本，把它推到一邊。「我要妳在下禮拜的村議會上，告訴他們妳的故事。告訴他們一切，讓他們知道，為什麼紀念這些人對妳而言如此重要。」她吸了吸鼻子，揉了揉疲憊的眼睛。「為了我，妳可以做到嗎？」

「告訴所有人嗎？」

「妳可以先寫個講稿，」她熱切的說，「到時候讓他們把妳說的話都聽進去。」

「小琪，我不知道自己行不行。」

「我知道這很可怕，」她溫和的說，「但聽我的。坦然表現出自己最真實的樣子，也許會被少數人討厭，但這樣也好過隱藏自己只為了得到多數人的寬容。」

「因為妳就是這樣隱藏自己才崩潰的嗎？」

「我想是的。所以不要像我一樣，小愛。」

「我一直想要的就是像妳一樣。」

「這次不行。像妳自己就好。告訴他們為什麼這很重要，讓他們理解。妳知道嗎？這學期我做的唯一一件事，就是戴面具。我面具戴得太好，連自己都騙過了。而我越是假裝像他們一樣，得到的掌聲就越多；而我假裝得越多，我就越會感覺丟失了自己。」

她捏了我一下，聲音微微顫抖，「而這不值得，小愛。沒有人值得讓妳對自己產生這種感覺。妳必須找到那些真正接納妳的人，接納真實的妳。」

「像是奧黛麗嗎？」

「對，像是奧黛麗。」

我知道她說的是對的。跟奧黛麗在一起，比從前和珍娜在一起時輕鬆多了。珍娜在我放鬆做自己時，總是會覺得失望或噁心，所以我就得一直戴著面具，調整、隱藏自己去配合她。

而我再也不想隱藏了。

「妳是我最好的朋友，」我小聲說。

她把臉頰在我的額頭上貼了一下，很快，但很堅定。「妳也是我最好的朋友。」

她沒有再說什麼，我們靠在一起，進入夢鄉。

19

我坐在草地上寫我的演講稿。小琪說不能太依賴自己的記憶，所以我要在最後一次會議前把它弄出來。一頭乳牛看著我，一邊慢條斯理的反芻，牠的毛長得蓋住了眼睛。

「我不覺得這場演講會改變任何人的心意。」我喪氣的告訴乳牛。

乳牛的鼻翼翻動了一下。

「我姊姊狀況不太好。」我又告訴牠。

又有兩頭牛晃過來，想看看發生了什麼事。乳牛天生很八卦，牠們好奇心太強，對人也毫無戒心。

但牠們也是非常棒的朋友。

「她生病了，而且不想讓我知道。」我解釋著。「我知道一定是有哪裡出問題了，我就是看得出來，但大人永遠都不會對我誠實。」

又有三頭牛漫步過來。

「很多人都不誠實，」我劃掉一個字，再補上一個字。「人們說自己很好，其實他們不好；他們說很高興見到你，其實一點也不高興。」

一頭乳牛遲疑的舔了我的太陽穴。

「小愛？」

我抬起頭。珍娜站在柵欄邊，她正在遛她家的狗狗佩波。看到我坐在草地上，被一群好奇的牛圍繞著，她似乎有些驚訝。

我定定的看著她。她穿著昂貴的粉紅雨靴朝我走來。

「妳……」她不安的扭動著，緊張的扯著佩波的牽繩。「妳好嗎？」

我回到我的記事板，繼續寫稿子。

「妳在寫什麼？」

「一份演講稿。」

「什麼的演講稿？」

「我還在為我的紀念碑募款。」

「噢，」珍娜偷看我在寫什麼。「為了那些女巫的嗎？」

「對。」

「妳還沒放棄。」

「沒有。」

「小愛，」她的聲音聽起來有些絕望，像是泛著病懨懨的白色。「我很遺憾發生了那些事情。」

「我也是。」我喃喃附和，又開始寫一個新的段落。

「我知道，」她又靠近了一點，「那真的不太好。」

我嘆了口氣，抬頭望著她，在冷冷的十月陽光下瞇起眼。「我不在意好或不好，珍娜，我真的不在意。而妳怎麼看我，我也不在意了。」

「我不知道她打算寫那個，」她囁嚅道。「我發誓，她說她要寫些東西，但我不知道會是寫那個。」

「我不在乎，珍娜。」

我站起身，把記事板夾在腋下。

「如果有人想拿走什麼對妳有意義的東西，我會阻止他；如果他們給妳亂起綽號，我會叫他們閉嘴。那是朋友會做的事，也是善良的人會做的事，而妳只是站在那裡。」

「沒有人知道該怎麼做，」她爭辯著，滿臉通紅。

「奧黛麗知道，艾勒森先生也知道。」

「奧黛麗，」聽到我提到我朋友的名字，珍娜翻了個白眼，失望的嘆了口氣。

「她很奇怪，小愛。她長得跟我們不一樣，口音也跟我們不像。」

「我不需要看起來像我一樣的朋友，」我嚴肅的說。「我也不需要說話像我一樣的朋友。我不需要他們喜歡我所喜歡的一切事物，我甚至不需要他們和我有一樣的思考方式。但當有人想在姊姊給我的禮物上寫下可怕的字眼時，我需要他們為我挺身而出。」

我從她身邊走過，跨過柵欄，沒有再回頭。

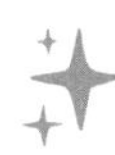

小琪看起來終於好些了。

爸、媽、小琪、妮娜和我，一同在杜松村的森林裡散步，去看那棵在我心頭縈繞了好幾個禮拜的樹。

爸媽對於艾米莉的事很不高興。原本排定了一次會談，但在艾米莉終於承認她在我的詞典裡寫字然後撕碎整本詞典之後，會談就取消了。爸媽後來投訴了莫菲老師。隨著天氣越來越冷，我和奧黛麗待在圖書館裡的午休時間也越來越長。有時我會請教艾勒森先生關於演講稿的問題，例如該如何寫演講的結語。

現在，我們全家人一起走著，享受著村議會前最後的秋日時光。

「這種事絕對不能再發生。」媽媽堅決的說。

我點點頭。「我知道。我不應該打她，這我知道。」

「我指的不是這個，」媽媽說。「我知道妳很抱歉，也知道不該那麼做，但她做的事非常非常糟糕。」

「沒錯。」爸爸和小琪異口同聲。

「她是故意去傷害別人的，」媽媽繼續說。「如果換作是妳對其他同學做出這種事情，我會非常擔心。」

這是真的。我從來沒想過要撕壞別人的東西，然後在別人的書上寫難聽的字詞。

「因為我看到了不該看的東西。」我說，他們全都轉過身來看著我。

「什麼東西？」媽媽看起來很擔心。

「我在向善書店看書的時候，艾米莉跟她爸爸進來了，」我一邊敘述著，一邊盯著自己的腳。「她爸爸脾氣滿壞的，要克麗歐幫忙訂一些幼兒的書給艾米莉，他說因為她閱讀能力太差，跟不上進度。」

媽重重的呼出一口氣，搖了搖頭。

「嗯，這就稍微可以解釋了。」爸溫和的說。

「因為妳的閱讀能力很優秀，她才針對妳的。」妮娜解釋。「這就是霸凌者會做的事情。他們想讓妳對自己的優點感到不安，因為那些是他們自己想要的優點。」

這對我來講不太說得通。霸凌者做的任何事情，我都覺得不能理解。

「小愛，」媽媽堅定的說，但並沒有生氣，「在這次詞典的事情之前，艾米莉有沒有對妳說過或做過些什麼？」

「呃，」我的腦袋開始搜索記憶，把它們一幕幕拼湊起來，接連放映。「她叫過我好幾次白癡，說沒有人會想跟我一起吃午餐，還說如果在幾百年前，我會被當作女巫燒死。」

媽媽忽然停下腳步，尖叫了一聲。爸爸很快摟住她的肩膀，然後像在和媽媽無聲的交談，那是一種我無法解讀的交流。

小琪甩了甩頭髮，望向我，她的臉色現在已經好多了。「小愛，當年那些女巫因為不實指控被拖走時，杜松村的村民對這些鄰居做了什麼？」

聽起來像道陷阱題。「他們做了什麼？」

「對呀，他們做了什麼？」

「嗯……什麼都沒做！」

「完全正確！」

我想到妮娜無聲的讓她的朋友們霸凌邦妮和小琪時，她感受到的羞愧和痛苦。我想到那些女巫們的感受，當她們被拖過這片樹林時，看到那些她們從小看到大的臉。

「妳班上的所有同學，都只是站在一旁，什麼也沒做。」小琪繼續說。

「除了奧黛麗。」我輕聲說。

「我覺得，」小琪踢開一顆小石子，「我寧可被當作女巫燒死，也不要當那些袖手旁觀的村民。」

「沒有人要燒死誰。」媽媽簡潔的打斷小琪，然後轉向我。「小愛，如果艾米莉整個學期都在做這些事，妳應該要告訴大人，這很重要。」

「她也沒辦法告訴那個老師。」爸爸說。

「那妳就告訴我們，」媽媽苦笑。「永遠都可以告訴我們。或告訴艾勒森先生，或妳其他的老師們。」

我點點頭，好像懂了什麼。「我只是……我只是不知道大人也可以是霸凌者。」

沒有人說話。而那棵樹就在我們眼前，我呆呆的走向它，幸好沒有人跟著我。它帶著目空一切的永恆聳立在我面前，枝幹猙獰而多枝節，有些細枝一折即斷。有些粗的枝幹，粗到可以掛一條纜繩上去。

我輕撫它的樹皮。爸爸曾經說過，如果鋸開一棵樹，你就可以看到它的故事，我有時也有這種感覺。有時我無法說出自己的感受，但給我紙跟筆，我就能梳理出頭緒。

沒有樹木就沒有紙張，即使是這樣一棵被詛咒的樹。

我想到莫菲老師曾經撕掉我的故事。我知道她並不完全明白自己究竟在做些什麼——她在奪走我的聲音。

那個時候，我很害怕、很羞愧。我責備自己，也輕視那些她說既難看又可恥的文字。我告訴自己即使不懂她為什麼生氣，她也一定是對的。她罵我的時候，我全盤接收了那些話，讓它們壓在我的體內。

但她是錯的。她做這件事，本身就是錯的。

一直以來，每當我走出家門之後，我的每分每秒都在思考自己該怎麼說話、怎麼行動。我解讀著別人的表情，確認他們聽見我說的話，而且沒有被我冒犯或搞糊塗。

我盡量卑微，眼神低垂，伸出雙手乞求他人的一絲絲同情。

但有任何人為我這麼做過嗎？有誰想過，這麼強烈的感知周遭的一切是多麼辛苦的事，還有可能會把我擊倒？莫菲老師對於我寫的故事不屑一顧，只在意我的字跡；她不喜歡我用自己的方式做作業，即便答案是正確的，她也不在乎。

我和別人不一樣的做事方法激怒了她。我的存在本身也激怒了她。而我讓這一切影響到了自己，甚至把鯊魚的書收起來。

站在這棵樹前，想著它的歷史，我用盡全力把掌心壓在樹皮上，用力到手掌發疼。我想像自己正推開那一切——可怕的謾罵、惡毒的語氣、別人對我翻的白眼、吼叫、要求、命令、無情的笑聲、故意讓我聽見的閒言碎語、以為我聽不懂的高談闊論、緩慢的上下打量、嘲弄、不尊重、所剩無幾的容忍和一直以來的不願理解。

我用雙手把這些全部推進樹幹裡。同時，我感覺這些糟糕的事情所帶來的羞恥、害怕和焦慮，也全部被傳入樹皮底層。

最後，我把艾米莉用的可怕詞彙也推進去。

我終於感覺自由了。因為我知道，在這之後，我再也沒有問題了。

我的存在沒有問題。

我不會再讓別人把我的與眾不同之處，當成了樹枝來抽打我。我想像那根樹枝被我扔進河裡，看著它被沖走，消失無蹤。

我用力把額頭壓在這棵大樹的樹幹上。

「瑪麗，」我呼吸，「琴，」再呼吸，「梅姬。」

我從樹旁跳開，好像被雷擊了一樣。我重重的呼吸著，抬頭望著它，它看起來不那麼恐怖，也不那麼充滿力量了。

爸、媽、妮娜和小琪圍過來站在我身後時，我還在大口呼吸著。沒有人說話。我們五個人佇立在那棵樹和河流旁，讓過去隨風而逝。

而我們穩穩站立。

20

在等待杜松村村民議會開始時，我變得比以往還要緊張。經過這些事情後，這場演講對我來說是前所未有的重要。我剛剛把梅姬的名字寫在手心，在滿室喧鬧中，坐在座位上前後搖晃，刻意忽略天花板角落裡那盞閃爍不定、令人難受的燈。

「現在，」麥肯塔奇先生站在他的講臺後，看起來有些警惕。「愛德琳．達羅小姐即將為她聲名狼藉的募款活動，發表一場演說。如果還有少數人不知情——愛德琳正四處奔走，想要建造一座雕像或紀念碑，用以紀念杜松村女巫審判的受害者。女巫審判的事件發生在，」他把眼神定在我身上，「非常久以前。」

可憐的麥肯塔奇先生，總是對杜松村的名聲憂心忡忡。我走上臺，環視著滿屋子茫然而期待的臉。我的全家人都來了，奧黛麗和她的爸媽也來了，艾勒森先生也來了。他們坐滿了第三排的座位，以鼓舞的眼神望著我。

我深呼吸，和小琪對視。她滿面笑容，妮娜也是。

「我是小愛。我十一歲，我有自閉的特質。」

聽眾席微微響起一陣議論聲。我繼續說下去。

「我並不害怕自閉的特質，也不以為羞恥，它只是我的一部分。有自閉特質的人，和左撇子或色盲的人，並沒有什麼兩樣，它意味著我們體驗這個世界的方式與別人不同。雖然有些人可能會誤解，但我了解這只是我的一部分，我不能被治癒，也不需要被治癒。這只是我生命中的一件事實。」

我吸了口氣，不讓自己再盯著任何一個人看。我一直會注意到他們的目光是不是在自己身上。

「然而，在幾世紀以前，像我這樣的人，會面臨巨大的麻煩。當時的人所懂的比我們今天少很多，所以只要你跟別人『不一樣』就會很危險。」

我瞄了麥肯塔奇先生一眼，又吸了一口氣。

「在幾世紀以前，像我這樣的人，有可能被指控為女巫，只是因為和別人不一樣。我有時不懂得解讀別人的表情，沒辦法猜出他們的感受，這可能會導致誤會。有時我的臉表現不出我有多開心，讓我看起來不好親近。我很容易被霸凌，有時，我甚至開始相信霸凌者所說的話。」

我看著我的手心，看著梅姬的名字。

「我的姊姊小琪也有自閉特質，她在醫院裡交了一個同樣有自閉特質的朋友，她的名字是邦妮。邦妮搬走之後再也扛不住精神上的壓力。她無法應付學校，也無法處理她的焦慮，於是，她被不了解她的人送進精神病院。不管她怎麼告訴他們，她需要離開那裡，他們就是不准。他們不信任她，他們不認為她了解自己。」

我吸了下鼻子，因為想到邦妮而苦惱。那個大笑的開朗的女孩，她有時會情緒崩潰，但她一點也沒有惡意。

「如果有人不斷的告訴我，我是個女巫，時間久了，我可能會開始相信他們。這反而比較容易，不是嗎？相信壞事，而不相信好事。」

我忽然恍神了一瞬，放眼望去，看著臺下的人，我不知道是不是我的緣故，但他們好像很認真在聆聽。

「當我聽到那些女人的遭遇，就在杜松村這裡，我的心很痛。她們只是因為跟別人不一樣，看起來有些古怪，就被殺掉了。而大家只是任這樣的事情發生，然後遺忘。」

我的眼角餘光看到麥肯塔奇先生低頭看著自己的腳。

「我不想遺忘她們。我希望我們有個紀念碑，一樣小東西，去紀念她們。那是我們的道歉。」

到這裡，演講應該結束了，但我決定再說一件事。

「我認為只要你不傷害到任何人，與眾不同是很好的。這個世界需要各樣的差異。我知道有些人會覺得我會這麼說，一定是別人叫我這麼說的。但我只能說，你如果會這樣想，可能是因為你並不認識任何一個自閉的女孩。」

人們笑了。

「演講到這邊結束了，」我開始做總結，「但……如果大家都答應自己去做一件事情，我覺得會很好。我也同樣會去做這件事情，那就是——當我們遇到一個人，本能反應覺得他好像很奇怪，我們先試著對他多一點的寬容。我對你們而言可能很奇怪，但對我的家人來說，我十分正常。」

小琪、妮娜和我的爸媽大笑出聲。

「而你們對其他人而言，可能也有奇怪的地方。我有自閉特質，而你們沒有，但我保證，其實就算我和你們不一樣，但我們一樣的地方更多。」

我看到麥肯塔奇先生盯著手錶。

「我爺爺從前總是說，在過去，像我這樣的人，可能不是最擅長社交或最能聊天的。但當其他人都圍繞在火爐旁講著八卦，是我們這樣的人出門發現了電的存在。我的自閉特質就是這麼回事。這是一道隱形的火花，就像鯊魚一樣。你們看，」我看到爸媽面面相覷，以為我打算把這場會議變成三小時的鯊魚講座。

「鯊魚可以偵測到生命跡象的電流，這是牠們的超能力。但有人拍了一部關於牠們的恐怖片，如今每年，上百萬隻鯊魚毫無理由的被捕殺，就像女巫一樣。」

我看了麥肯塔奇先生一眼，示意我快說完了。「我的自閉特質並不總是我的超能力，很多時候，它很不容易應對。但當我在事物中找到電流，看到別人可能看不到的細節時，我很喜歡它。」

我發覺自己講完了，而我感覺很好，無論事情的結果如何。

「我喜歡自己的樣子。非常喜歡。」

我下臺，回到座位上。零星的掌聲響起，逐漸增強，成為如雷的掌聲。我必須摀住耳朵。小琪和妮娜很快的抱了我一下。

一名委員會的成員在麥肯塔奇先生耳朵旁說了什麼，他點點頭，走上講臺。

「我們現在開始討論，接著投票。」

委員會在考慮我的提議時，我和小琪在村議會大廳外等候。

「我講得還可以嗎？」我終於問道。

她假裝思考了一下我的問題，然後咧開嘴笑了。「超級棒。我為妳感到好驕傲。」

我忽然也跟著感到開心，也覺得想哭。「我提到邦妮，妳不生氣？」

我看到一絲痛楚閃過，「不會。人們需要了解。」她呼出一口氣，在空氣中形成一縷白煙。「妳知道嗎，我覺得很多人認為並不存在自閉的大人，好像自閉是長大後就會改變的事。所以，我很高興妳提到邦妮，他們需要知道我們仍然存在。」

我們並肩站了一會兒，在沉默中看著杜松村。

「我要跟學校請一個禮拜的假，然後去英格蘭探望邦妮。」小琪終於開口。

「我可以去嗎？」

她大笑，雙手貼在我的臉頰上。「當然不可以，小愛。」

「但我想告訴她我今天做的事！」

「我會幫妳告訴她，好嗎？」

我張嘴想爭辯，隨即注意到奧黛麗正興奮的揮著手，朝我們走來。

「妳講得超棒的！」她滔滔不絕的說著，抓住我的手蹦蹦跳跳。

我笑了，因為她的稱讚覺得有些暈眩。「謝謝。」

「我在裡面等妳喔！」小琪說，向奧黛麗微笑，然後走進大廳。

「我有樣東西要給妳，」奧黛麗說，在她厚外套的大口袋裡掏著。

我詫異的等著，不知道該說些什麼。

她掏出一本小書揮舞著，然後遞給我。

我低下頭，讀出書名：「蘇格蘭同義詞詞典」。

「這是一本口袋詞典，」她開心的說，「也包含了蘇格蘭用語在裡面。」

「什麼？」我欣喜的大叫出聲。「奧黛麗，這個……我不知道……」

「沒關係，」她溫和的說。「這是妳應得的。只是我很抱歉，這不是妳原來的那一本。」

「沒有，這實在……」我輕撫著那本小書，「這本跟原來的一樣好，謝謝妳。」

她深呼吸了一口氣，又說：「我很難過她做了那樣的事情。很難過他們所有人做了那樣的事情。」

「是啊，嗯，」我聳聳肩，沉浸在詞典帶給我的驚喜之中。「我不在乎他們怎麼看我。」

「然後妳知道嗎，」她緊張的笑著。「我認真想過了，我覺得海豚其實真的很無聊。」

我忍不住笑了。「真的嗎？」

「對啊，我也看了很多關於鯊魚的書，」她向我神祕的微笑著。「我覺得牠們太酷了。」

我忽然抱住她，而且我沒有感覺到擁抱的緊繃或壓迫。她也抱住我。

因為我們是朋友。最好的朋友。

21

接近十月底時，女巫們的紀念碑舉行了揭幕典禮。

似乎整個村子的人都來了，包括一家報社，這讓麥肯塔奇先生很高興。他滔滔不絕的告訴記者，他一直都很支持這個構想；而在看到某些愛丁堡的社區也跟進做出類似的行動後，他感到非常欣慰。

「現在，我們要特別感謝一個人，她讓這座紀念碑如此迅速的完成了。」他驕傲的在群眾前宣布。

我挑起眉毛，難道他要在記者面前公開向我致謝？

「米利安太太非常熱心，支付了鑄造紀念碑的全部費用。」

我驚訝的倒吸一口氣，往人群望過去。她在那裡，跟所有人保持距離。米利安拄著她的木頭拐杖，帶著煩躁的表情看著這一切。聽到有人提起她的名字，她便轉身離開。我想穿過人群去謝謝她。

但她好像瞬間就沒了人影。

我退回來，呼出一口氣。總有一天，我會去向她道謝。

「現在，廢話不多說，杜松村即將呈現——」

麥肯塔奇先生從容的揭開蓋在紀念碑上的帆布。

「——杜松村龐大的文化遺產中，重要的一部分！」揭開紀念碑後，他說道。

人們開始鼓掌。

紀念在杜松村被不公正的指控為女巫並遭處決的眾多女性。以此碑向她們的生命致敬，並立約終結那些不寬容的對待。

我滿意的點點頭。我並不在意自己的功勞是否被看見。自閉的人在幾百年來，可能已經默默做了很多不居功的事情。也許這可以算是我的一場成年禮。

我靜靜的向梅姬、瑪麗與琴說再見。比起之前，我現在比較不常想到她們了。看到紀念碑在翠綠的村莊裡，鮮花環繞，驕傲的被展示著，撫平了我對那些受害者所感到的傷痛。

我為杜松村感到驕傲。我一直都很喜歡居住在這裡，現在也喜歡大家都認識你、認識你的家人的感覺。我喜歡大家很用心的讓這個村子成為一個適宜居住的地方。

現在的杜松村很善良，不只是美好。

人們鼓掌、拍照。我跟我的家人揮手道別，然後跑向馬路盡頭，去和奧黛麗會合。我們要去她家烤脆餅、製作我們的萬聖節服裝。我們也正在計畫一趟去倫敦的旅行，奧黛麗可以去探望她的爺爺奶奶，而我可以去參觀水族館。

我們已經計畫好萬聖節前夜的路線了——要避開哪些人家，哪些人家又會給最好的糖果。

我們打算扮成女巫。

致謝

沒有人可以自己成就自己。

我首先想感謝梅蘭妮．藍達山．柏德博士與莎曼薩．瑞諾博士，感謝妳們引領我度過在倫敦大學的日子。那是一個令人興奮但不熟悉的環境，而在我的冒牌者症候群最嚴重之時，是妳們陪伴我度過。感謝妳們鼓勵我寫出我的神經多樣性。關於出版，也感謝妳們為我上了一課，找到真正具有包容性的出版社。

感謝克羅伊和羅彬，在我極度擔憂時逗樂我。

謝謝艾妮塔，當所有人都敲著手指取笑她時，她朗讀了一系列關於一位酒保的短篇故事。

謝謝妳，蘿倫，非凡的經紀人。謝謝妳的溫和堅定，讓我在面對電話和電子郵件時能保持鎮定。也謝謝妳安排在布里斯敦的那第一次見面，顯示出妳對作家的重視。

謝謝你，大音，不用明說，你懂我為什麼謝謝你。

謝謝安娜。謝謝妳出色的編輯註記和清楚的指點。我之前失去了所有的客觀性，幸好妳指出了這個缺失。

謝謝我的表姊，艾琳，還有我的大家庭。我知道我是個怪人，但謝謝你們從未提起。

謝謝艾蜜和大衛，還有 Knights Of 及 Round Table Books 出版團隊。謝謝你們願意會見一個無名小卒。謝謝你們問我是否有寫書的構想。我有很多想法，而你們是第一個詢問的。謝謝你們做的一切。

謝謝瑪莎伊和凱，為本書設計了最棒的封面。我之前完全不知道這本書會是什麼樣子，而你們讓我看到了。你們完全知道屬於它的面目。謝謝你們一起完成了我在書店看到書封就會想買的書。謝謝你們！

愛莎，我的編輯，無可取代的編輯。當妳在桌前給小愛的故事留了一個位置時，已經拯救了我。謝謝妳的一切，妳是出版行業中的翹楚。

謝謝麥迪，我最親愛的朋友。就算需要我搭飛機親送，我也要讓這本書飄洋過海到澳洲去。我愛你，也想念你。

謝謝推特上的閱讀社群以及支持這本書的每個人。謝謝部落客、圖書館員，還有書商。改變總是很緩慢，但推動改變的人很了不起。

謝謝我的母親。妳是我所知道最努力工作的人。每次我捶打地面，我都能感受到妳靠近我，告訴我我有二十秒鐘可以生氣，然後我就必須站起來，繼續往前走。謝謝妳把書帶進家裡。謝謝妳所有的犧牲，那並不是我應得的。謝謝妳工作的操守和熱情。

謝謝我的父親。你是我最好的朋友。

謝謝賈許。沒有文字可以表達我對你的感謝。

謝謝我的祖父和外祖父。我希望你們會為此感到驕傲。

國家圖書館出版品預行編目資料

隱藏的火花／艾勒．麥克尼科爾著;曾于珊譯.－－初版一刷.－－臺北市：三民，2022

面；　公分.－－（青青）

譯自：A Kind of Spark.

ISBN 978-957-14-7565-3（平裝）

873.57　　111017652

青青

隱藏的火花

作　　者｜艾勒．麥克尼科爾
譯　　者｜曾于珊
責任編輯｜范榮約　林坤煒
美術編輯｜詹士嘉
封面繪圖｜凱．威爾森

發 行 人｜劉振強
出 版 者｜三民書局股份有限公司
地　　址｜臺北市復興北路 386 號 (復北門市)
　　　　　臺北市重慶南路一段 61 號 (重南門市)
電　　話｜(02)25006600
網　　址｜三民網路書店 https://www.sanmin.com.tw

出版日期｜初版一刷 2022 年 11 月
書籍編號｜S872380
I S B N｜978-957-14-7565-3

三民書局